但願心如大海

許悔之

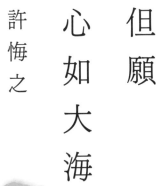

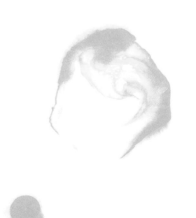

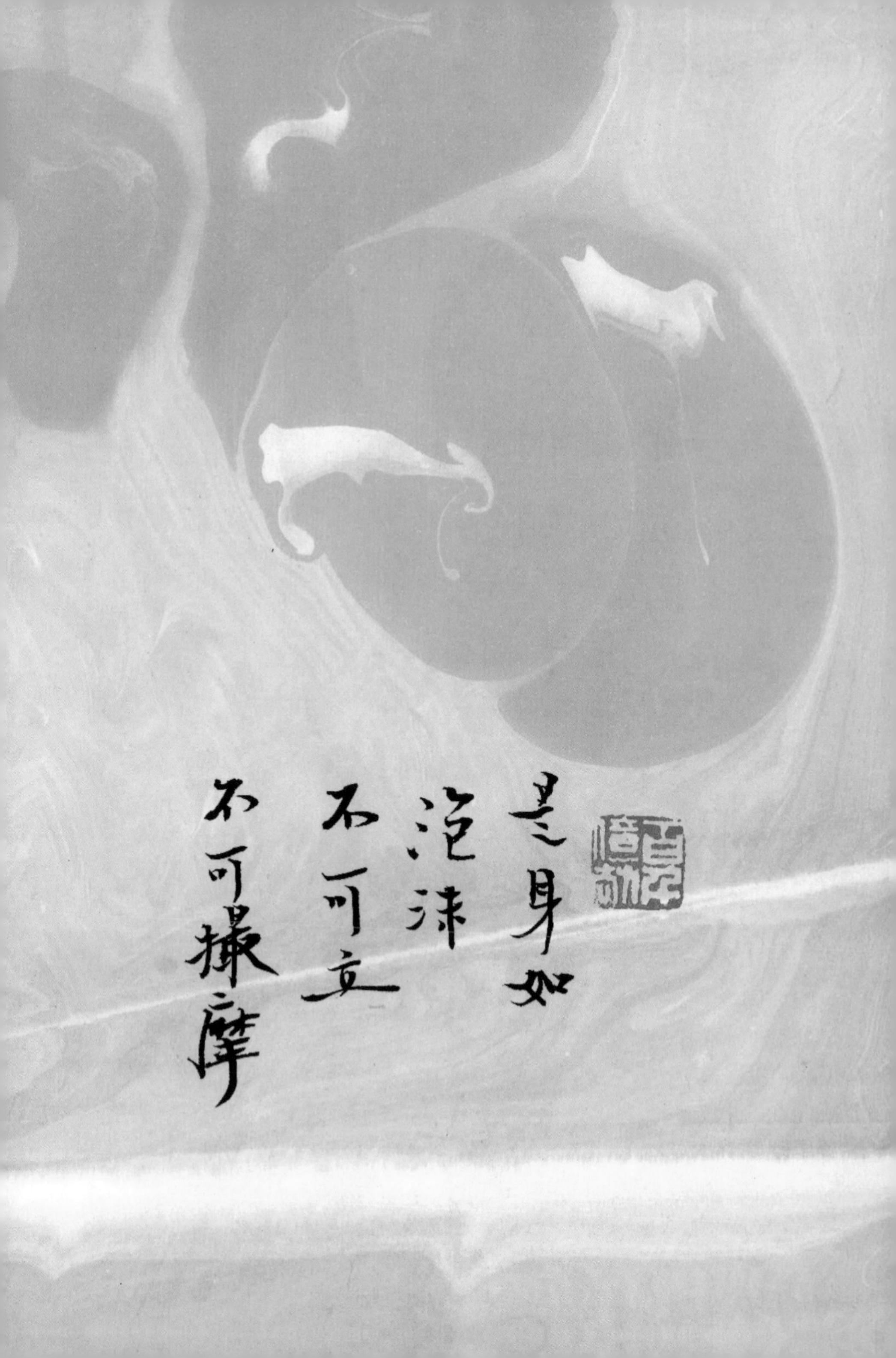
是身如
泡沫
不可立
不可撮摩

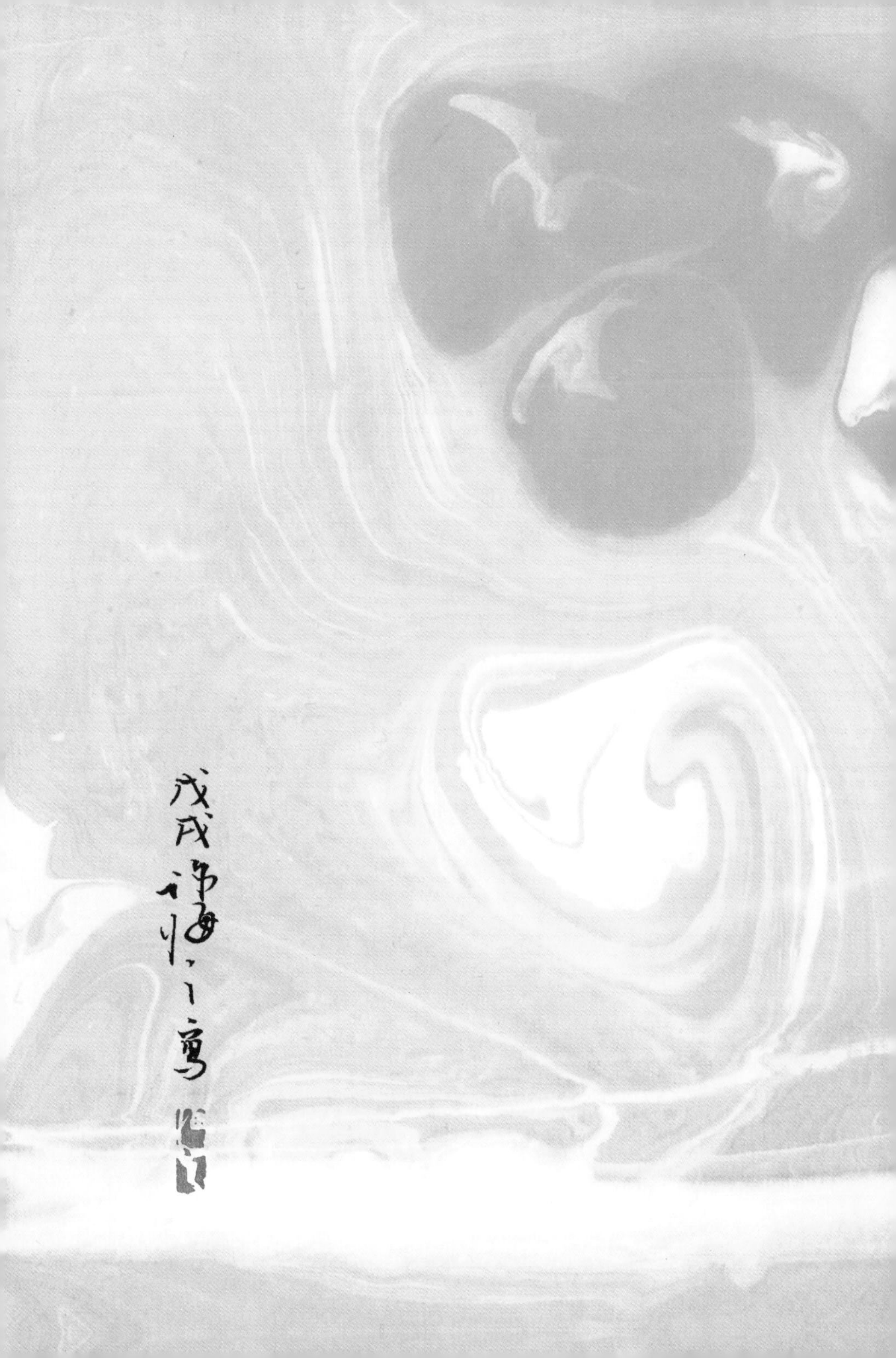
戊戌

目次

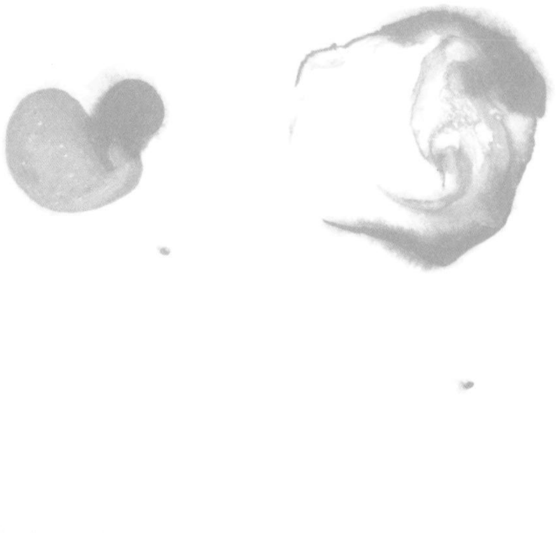

輯四

墨色如海

推薦語

要如何懂得「我們的心本來就是大海」？二〇一一年我曾邀請悔之為聯副寫千字專欄，他寫來了「祝福十六帖」，十六封溫暖深刻的書信。其中一封寫給母親，標題是〈心像大海〉，卻是從自己如何跟憂鬱相處寫起。這整本書，正是寫給讀者的信，揭示心能夠如何從生命種種的恐懼、憤怒裡領悟：那所有的憂鬱，都是祝福！這是一本祝福的書。

——宇文正（聯合報副刊組主任）

讀著集子裡的文字，耳邊就彷彿聽見悔之大哥熱切的語調。那是對他人有愛、對世間有愛的語調——一種既深且廣的愛，宛若大海。因為襟懷遼闊恢弘，所以可怖也不足為懼，可憎也微不足道；那正體現了書名《但願心如大海》。在這片海裡，充滿藝術與美，充滿粼粼光輝，充滿慰藉與溫暖。

——盛浩偉（作家）

悔之的新書名為《但願心如大海》，這樣的願望，也是許多人心中的嚮往吧！像大海一樣廣闊，像大海一樣包容。這樣的願力必能成就生命往更高大虔敬的地方走去吧！常常叮囑自己也要像悔之一樣精進於修行，抄經、善待他人、善待眾生。

「眾生盡、虛空盡，我願盡」，在修行的路上願與悔之共勉。

——蔣勳（作家）

人身難得，但肉身艱難，人生亦艱難。伴隨無知而來的愁惱貪執，如同漩渦，一次一次被往下拉時，何其有幸，我們又看見一道光，那是某部經典，某位具德上師的教導，那是福報，讓我們得以抓取攀爬。佛系不是擺爛看淡，佛心不是軟懦逃避，悔之大哥的這本集子，讓我們看見，真正的覺悟之路是直面的勇氣與智慧，是無限的愛與慈悲，是善緣具足，是心如大海。

——劉梓潔（作家）

（依姓氏筆畫排列）

推薦序

在最痛的地方打開了，最遼闊的海

李欣倫（靜宜大學台灣文學系副教授．作家）

我的第一本書《藥罐子》，是許悔之在二〇〇二年編的，他為我作的序是〈海豚為什麼要向陸地敘說？〉，直到現在，我都還記得序文提到了鯨豚的返祖，以及海豚的環岸繞遊。我始終很感謝悔之大哥——我都這麼稱呼他——為我出版了第一本書，開啟了接下來十多年的書寫時光。

鯨豚，大海，也是許悔之詩文中反覆出現的意象。二〇〇四年，他贈我詩集《亮的天》，封面是一只來自英國湖區的礦泉水瓶，緩緩浮沉於藍色汪洋間。

當時我凝視著浪潮和水瓶，細品書中文句，兩個字遂悠悠浮現：哀傷——如深海幽黯而濃厚。雖然這兩個字和我印象中的許悔之不盡相符；偶爾在台北碰面，雖他深邃的眼神確然透露著哀傷，但對自己的苦痛和煎熬總是輕描淡寫，有時我問得多，他不小心講深了，沒多久，就突然停下來，嘆了一口氣：「不談這個了，妳難得來，聊聊開心的事罷」，即使我在青春的暗夜裡舔噬傷口，畢竟還太年輕，不完全理解他所言的種種，但當我傾訴無關緊要的煩憂時，他卻專注傾聽，慎重卻寬容的給我不同的觀點，像是兄長，理解青少女的猛烈和叛逆，但又能在接納的基礎上，提供他過來人的心路，從不下指導棋或給什麼正經八百的意見。

當時我還不知那是他最難熬的一年，即使聽他說過剃光頭的事，也不知彼時他內心狂躁又沉鬱，在生活上觸礁，幾近滅頂，因為當我們見面，他總是關心我比我關心他來得多：「哎呀不說這個了，妳呢，還好嗎？」當我讀到許悔之寫身體衰弱的星雲大師對他說「我能為您做些什麼嗎」，眼淚就流了下來，那也讓我想起那一年的悔之大哥。接著幾年我們幾乎沒見，偶爾收到他的email問候，正處古怪少女脾氣的我，不太愛回信，可說是音訊全無，但凡我遭逢艱難處境或生命轉折，總能收到他的簡短真摯的問候。去年有次遇境心情低落，深夜在臉書上寥寥發抒幾字，十多年不見的他立刻捎來訊息：「記得唸南無大悲觀世音菩薩」，我一讀，淚流滿面。

「妙音觀世音，梵音海潮音，勝比世間音，是故須常念。」這是我每每讀誦《普門品》就會流淚的偈子。

大致是因為許悔之曾身處「墨漆的大海／每個浪花都嘶鳴著死亡」（〈在時間盡止處〉），無盡的苦痛竟也琢磨出堅韌、剔透的靈魂，於是「所有認真受苦的眼淚／將匯集成為，另一座海洋」（〈亮的天〉），這座海洋是什麼呢？可能是輪轉生死苦海，漂流眾生需善知識救護，《十法經》云：「沉溺有海，拔濟我者」。此外，海同樣可用來形容佛菩薩不可思議的功德和恩德，如《普門品》形容觀世音菩薩：「具一切功德，慈眼視眾生，福聚海無量，是故應頂禮」，且看許悔之虔誠寫下「啊我向你合掌／你是大海／我是嬉遊的鯨豚」（〈合掌〉）；也形容佛法無邊無際無有窮盡，《大智度論》云：「佛法大海，唯信能入」，在許悔之眼中，大海同時亦以其生滅向眾生說法：「雲化為雨，雨匯為河一起流入／大海，大海的浪起浪滅彷若循環的死生」（〈法爾如是〉），讓我想起大成就者阿底峽尊者至水岸有言：「水淅淅流，此於修無常極為便利」。三千大千世界，恆河沙數的眾生物事，約莫也是佛菩薩百千萬億化身，為吾人說法，「森然萬境，何事非持」。

那麼，大海究竟是什麼呢？許悔之在《但願心如大海》中，提到所謂的「內在空間」與「外在空間」，其實都是我們心的「內照空間」，換言之，我們以為的世界「真實」樣貌，由觀者心念所決定，大海洶湧足以滅頂，同時，大海寬廣如法無邊。在負能量太多而世事喧囂的今日，要尖苛批評或隨意論斷太容易了，若僅盯著這些問題，生命無疑是苦海。在此書中，許悔之不否認苦海的生命現狀，緣起緣滅，佛說苦說無常，那簡直是不可逆料的海嘯，隨時造成生命的斷裂和浩劫，但同時，許悔之寫下：「在最痛的地方打開了／最遼闊的海」

（啊，我多麼喜歡這個詩句，像撫摩著摩尼寶珠那般反覆恭誦）痛楚瘋狂來襲之後，許悔之領我看到了大海的浩瀚、寬闊與美麗：諸多的感恩、供養、讚嘆、隨喜與懺悔（自剖），點點滴滴滋潤心扉，心念為善，進而形塑了他所處的環境，得以結會喜愛讀經、修行的善男子善女人；即便身為看版面的編輯，亦可看成是「一艘船，要從此岸到彼岸」。再者，面對書寫者和藝術家，皆可從其殊異的言行及作品中，尋覓到相對應的佛典語錄，如《金剛經》和《楞嚴經》；他又善於將藝術家的細筆畫比諸唐卡，觀雕塑遙想馬鳴菩薩，召喚了佛教史上偉大輝煌的心靈，同時也拉開時間軸，將自身投入浩瀚而寬厚的時間史中，明明只是你我相會的空間，但他看成「無始劫以來」，如佛菩薩穿越累劫時空之眸，策勉修行者善用人身，珍惜彼此緣會。

由是，無論是寫給母親、兒子、友人的「祝福十六帖」，似乎亦可視為捎給所有眾生的祝願，許悔之擔任聯副駐版作家回答讀者的提問，讀來也相當驚喜，參話頭般的細究「心病」和創作、佛法之關聯，當讀者問到父子間的情債時，許悔之用聖嚴法師的「受報、還願、發願」答之，從還「債」到還「願」，前者悲觀後者樂觀，同樣面對父子關係，思路和心路之不同成熟了苦樂，遂也造就了淨土或地獄，這些雖是有時空限制的專欄問答，但因我輩無始劫來為煩惱所繫縛，而彼者願心如大海，故能度一切苦厄，渡有情到彼岸。然後我讀到了這樣的許悔之：無論抄經、寫扇贈友、作詩文、答客問，皆展現了他「以藝為佛事」的信心、決心和願心，細細品讀，不禁合掌禮敬。

祝福十六帖之一，許悔之教導母親想像「心如大海」，所有的不如意皆如泡沫瞬間生滅。當快節奏已成日常，開多個視窗和外掛程式已成我的強迫症，捧讀此書，一浪一浪的煩惱貪瞋漸漸淡渺，終究止歇，又是寧靜、廣闊、無際的大海啊。

（在最痛的地方打開了／最遼闊的海）

但願心如大海。

但願心如大海。

自序
犀牛角上有滿月

許悔之

苦惱憂悲是大海，無量慈悲是大海，生生世世是大海，佛法無邊是大海。

上個世紀，我寫過一本詩集，叫做《當一隻鯨魚渴望海洋》，那是我生命最為躁鬱的時期之一。經由對海洋的玄思奇想，我寫下了許多詩篇，彷彿要透過創作，帶領自己受困的心念和意志可以在偌大的海洋中奮泳，突圍於心的毒霧。

那時我眼中所見，唯有血月如鉤，我彷彿把自己掛在月鉤之上，帶著獻祭般的悲劇感，沒辦法把自己從鉤上解下、放下。

「人，那麼苦，為什麼要活著呢？」那是四十歲以前，我最常有的困惑。有些人，常常虛言兩舌，逐利而互鬥，藉愛之名而傷害……，凡此種種，不可計數；甚至，甚至無常之中，死亡本來十面埋伏。

我領受了許多人的慈悲和扶助，如同失溫的雀鳥被施食；也從一個讀經人、抄經人，慢慢地變成一個小小行者——思惟「緣起，苦，空，無常」，思惟「不相對而有」的更遼闊的自在。

我的思惟，就是從「心如大海」開始的，「空生大覺中，如海一漚發」，每一個苦樂的心念、每一期的生命，都只是大海旋生旋滅的一個泡沫而已；透過「忍力、思惟力」的覺知和作為，我學習把注意力多放在「別人」或「我們」之上，逐步放下一些對「我」的執著，慢慢照見我自己與每一眾生本有的空性智慧，心光，就在闃暗裡開始變亮。

在偌大的海洋中，任何一滴慈悲的眼淚都顯得無比無比的奢侈與珍貴！不對自己慈悲，就無法對眾生慈悲；不對眾生慈悲，也就無法學會對自己慈悲。

忽而有一日，我抬頭望天，竟爾發現天上一月，原本皎然！破一微塵，世界為每一眾生開展大千經卷，心月孤圓。

人，獨生獨死，苦樂自當，只有心，是自己的解藥。

佛陀曾說，人，應該做曠野之中，獨來獨往的犀牛。是啊，我曾經寫過一個句子：犀牛角上有滿月。

隔了八年，要再出版一本散文了，緣於二十年前之一諾，答應了現於「讀書共和國出版集團」任職的陳蕙慧，要交給她一本書。一言一諾，《但願心如大海》這本散文就交給了陳瓊如編輯，「木馬文化」出版。

這本書，所述寫之內容大概不外於文學、藝術、創作、人生和美；但是最核心的情感和覺知，是距離覺悟還那麼遠的我，對佛法的努力學習。

現在的我，還是偶爾會境界生起，感到痛苦憂煩悲愁的時候，我都會告訴自己，現在的痛苦憂煩悲愁，只是無盡大海中的一個泡沫而已……

祝福一切眾生心如大海！但願一切眾生心如大海！

輯一

祝福十六帖

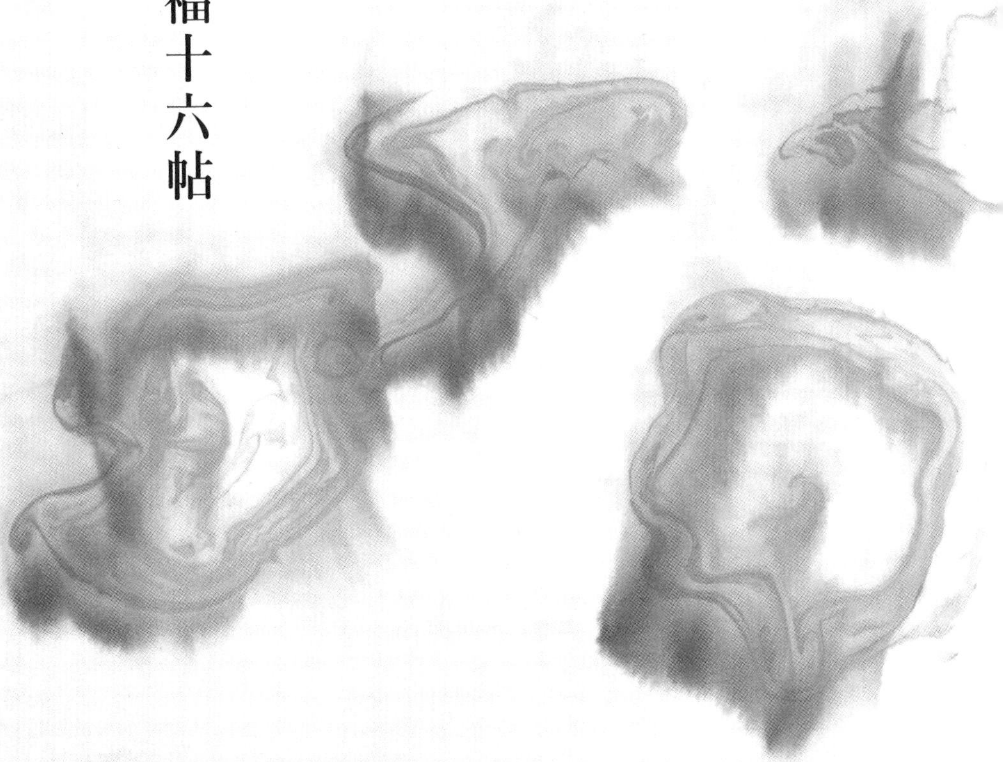

之一

雲藏山色

雲藏：

因為感情的變幻、相處的艱難，年輕的你，高一，應該像白馬般的你，好幾次的困惑、焦慮和沮喪，甚至失去了動力，昏沉在床上。

高一的第一次段考，你絲毫沒心思準備，我完全了解你的心情，所以在任由你精神癱瘓或鼓勵你振作之中，我感到左右為難。

人都有療傷期，都有因失落而帶來的漫長黑暗的甬道。我能做的，是在假日的凌晨陪你去麥當勞，毫不健康的吃喝；還有，安安靜靜的燒一頓飯給你吃。

當你感到食物的滋味，我相信，你會重新找到看望的方向和自我安頓的力量。

你不怪喜歡的人，我很高興；但看重自己，也非常重要。你的心地從小就好，總會替別人設想，所以，我才告訴你：人生的路，有一天會有一個女子愛你，當她看你之時，會像我做父親般看你時候的讚歎！

此生和你為父子，是我最快樂的事之一了。有時候，我會有一種感覺，彷佛因為你，我更有對別人好的能力，但也可能因為你，所以，我還時時有分別心，離「怨親平等」那麼遙遠吧。

你還那麼年輕，我很難說服你，不要因挫折所傷，因為我有時也做不到。感情於佛法是虛妄，但真心卻是此生真實的宴饗！我們這一生，終將體會真心的可貴；快一點，或慢一些，都很好。我祝福你的人生，總有日光遍照、月光遍照，像你的名字，雲藏山色，山色廓然。

二〇一一年十一月十日《聯合副刊》

之二　大昭寺前合十

蔣勳老師：

今年八月下旬到九月初，我在西藏。大昭寺前，看見一個磕長頭遠道而來的年輕人，衣衫髒汙破損，後揹了一個大包包，我站在他身後良久，聽他在嘈雜人聲中，用藏語持咒。那聲音穿過所有遮蔽，清晰無比，是發自心裡的聲音。我聽著聽著，感到鼻酸，視線模糊，充滿了淚光。

彷彿有一世，我也如此磕長頭，來過大昭寺吧。或許從一偏遠之地，跋涉經年，吃很少的食物，偶有人布施了酸奶，喝過即行。身體臭穢，但感到諸佛菩薩的心如此之近、如此漫天芳香。

年輕的時候，我曾有西藏之行的規劃，因在夢中看見自己死了，於西藏天葬。夢中如真，因為恐懼驚怖，我遲了如此多年，直到不再顛倒夢想，終究心安自在的來到西藏。稀薄的氧氣，適足以無念無想；高原的頭痛反應中，我卻總想到您常說的「肉身艱難」。

離諸佛最近的國度，肉身理應最是艱難罷。我終於能體會您常讀的《金光明經》的句子：是身不堅，可惡如賊。

在大昭寺前，我凜然合十，心中又無比柔軟，為您祝願。但瞬間，我母親、家人、友朋、因緣者，名字一一浮現，好像祝福不完。您總是說：美給得越多，就變得越多。我在大昭寺前因您而起的祝福，也應如是吧。

蔣老師，這是我向您學的最重要的一件事呢。

二〇一一年十一月十七日《聯合副刊》

之三

在同一間屋子裡

惠美、旭原：

常常覺得，跟你們兩位同在一間屋子裡。

在佛法的屋子裡，有佛法，而同一屋舍。古時候，佛寺也被稱為「法同舍」；我很喜歡這三個字，簡捷，有力，毫不遲疑。

認識你們夫妻不過是這幾年的事，卻有跟你們一同經歷了好幾輩子的感覺——透過人、事，經由你們的布施；還有我們一起對佛法的渴慕，如少水魚欣然於大澤之中。

那天你們去屏東泰武國小，參加因「八八風災」而重建的落成典禮；我請你們用手機寄照片給我，你們彷彿用長長的玻璃項圈，串起與天同高的歡喜！我也忍不住雀躍。

那是你們布施的義務設計案之一。做為成功的建築師夫妻，你們可以賺更多錢，或者，在忙碌中抽空休息，但你們總是不悔吝地行布施。而且，不是捐出設計而已，常常在忙碌後的周末，親自去看工地，注意每一個細節和安全。

當時，我曾經很感動地對你們說：此生，你們需要「寫字」而叫我為之時，我將「使命必達」。無以表達對你們的敬意，我珍重地給了兩位我做為詩人不易有的承諾：當你們的「文案小工」也可以。因為，我知道你們的布施，照亮溫暖了許多人。

像那個午後，我重新翻讀一次法華經畢，沒差一秒，手機訊號響起，我感到震動，知道是你們發來訊息。那個午後，我深深的祝福兩位，彷彿往昔因緣，今生又相遇在佛法的屋子裡。

二〇一一年十一月二十四日《聯合副刊》

之四

樹上之葉

惠美、旭原：

那天晚上，在銘遠家吃飯，一個空檔，跑到頂樓露台抽菸，微雨，我和旭原像小孩般蹲著，不遠處，便是一〇一大樓。

旭原突然說：「還是很想念我爸爸。」

我了解那種感覺。我父親一九九八年往生。今年中秋前後，我在一家麵館晚餐，青菜番茄蛋花湯上桌的時候，我一下子就流了淚。

因為想起有一次父親化療結束，比較強壯一些的時刻，我煮過這種最簡單的湯給他喝。他吃得非常非常的多，吃完之後，露出滿足的表情。

瞬間被勾起的記憶，讓我又激動又感傷。

我想起今年小年夜，凌晨一點多，突然接起旭原簡訊，問我能不能為清煙伯父唸藥師咒。旭原絕少拜託我什麼事，但那一個凌晨，我深深被旭原的人子之情打動，那段時日，我每晚替未曾謀面的清煙父誦一卷藥師經或金剛經或普門品，祝福他身心安住。

二〇一一年三月十一日，日本大地震那天，清煙伯父往生。對我而言，他是我的老師，因為有一晚為他誦經之後，我第一次生起願眾生離苦得樂的廣大心，那麼深刻。所以，我們今生的父親的肉身都不存在了，我們憶念，但要學會祝福、儘量不悲傷。他們和我們，都是一棵大樹上的葉子，只是因緣到了，他們必須落下。

二〇一一年十二月一日《聯合副刊》

之五

聖樹下施食

思敏：

十月中旬，去看妳的第一次個展「形，和他的遊戲」，看到那麼多人來參加妳的開幕酒會，我的內心其實很有感觸：這是一個作品好也有好人緣的藝術家。

大概是因為妳的人格中，有著一種堅定、單純和慈悲。所以我看妳所創作以鐵為材質的「虛實間」系列雕塑，很低很低的情緒中，每件作品都像一個個認真的行者，認真的在跟時間、空間和生命對話，充滿了定靜力和能量。這大概也是藏家和評論家喜歡妳作品的深層心理因素罷。

我也喜歡不鏽鋼為材質的「境外之石」系列，但對我來說，「虛實間」系列，那麼令我撼動！不斷氧化生鏽中的鐵，也敘說著成住壞空的可能體悟吧。

妳的展覽有那麼多人幫妳，我或許也能算其中一名，原因是妳對許多人那麼好，自然有好因好緣好福報。

九月我在西藏，曾到了「本教」和「藏傳佛教」共同的聖樹下。看見一石柱，上面用藏文寫了「唵」，而柱頂上，放有青稞等雜糧，用來施食給鳥雀蟻獸，那麼廣大平等的布施。我突然想起好多年前，我在一次生命陷落的時候，不太熟的妳，送來了一小盒洗好削好的水果。那盒水果和心意的布施，我深深的記得；那盒水果，就像聖樹下的施食吧。

今生我有知見之時，就會深深的祝福妳，祝妳所求滿願！

雖然，妳很少為自己設想。

二〇一一年十二月八日《聯合副刊》

之六
慧命無窮

L：

當你今生最摯愛的人，以一種極為戲劇性和啟示性的方式離開人間的時候，你恰巧在歐洲，我不知道該不該告訴你這個消息。遲疑了一下，我寫了電子郵件告訴你。

你和今生最耽戀最摯愛的人，並未發展出終日相處、結為連理等各種關係，但是，我能了解那種心靈的接近與親密，若是現實上太靠近了，那種親近就會粗礪、貶值，所以，你們長達數十年，遠遠的對望。

我不知道你有多悲傷，也不敢妄自揣想，這個充滿別離的人間，有著一堂又一堂功課，現實上不能圓滿無憾。

你今生最摯愛的人寫詩，詩是一種心靈的越位和冒險吧，跟現實裡的探險不完全一樣——詩的冒險，乃是心靈遠比現實能到達更遠的地方，詩，挽救了現實，現實那麼大的左右徬徨。

我想，你們今生這樣的因緣很好，永遠停留在數十年前年輕而美好的對望，不被侵擾，就像永恒的豐饒，永遠不會失去美好的想像。

L，再一下子，我們這一代人就都要老了。

L，三十歲不到的時候，我寫過一首詩名為〈老去〉，今日回想起來，我覺得能寫詩真好，我早已預演了自己老去時的心境——雖然老了，祝福更多、心更強壯。

L，人間諸因緣如花開有時，偶而避免不了悲傷。

L，祝福你，慧命無窮。

二〇一一年十二月十五日《聯合副刊》

之七　觀音愛心家園

淑慎姊：

做為妳的堂弟，小時候在鄉下一個龐大的家族中，妳很早就顯現出一種關懷他人的本能。記得有一次，妳放學帶回來的刨冰，其實都融化了，但妳對我們的心意，是善解而成全的。

不久前，打電話給我媽媽，她在通話中跟我講，前幾天，妳喝醉了，在一個慶祝妳父親康復出院的聚餐。席間有人說，只要妳喝兩杯紅酒，就捐白米給「觀音愛心家園」。從不喝酒的妳，就乾杯，醉了。

聽我媽媽這麼說，我一下就掉眼淚了，覺得好不捨啊。妳的弟弟、我的源榮堂哥，因為重度智能不足，失足溺死了。有好幾年，妳到外求神問卜，希望知道他去了哪裡，直到親近佛法，有一天妳知道，一群小孩蹦蹦跳跳，跟在佛陀的背後，其中一個，就是源榮哥；因此，妳對死生之事，有了不一樣的看法。後來，妳看見一則新聞，一位老病而絕望的媽媽親手殺死自己身心障礙的女兒，因為她不知道如何尋求扶助。妳就發了心，不顧自己的僵直性脊椎炎，用那麼少的資源，創辦了「觀音愛心家園」，收容、照料、教養身心障礙的各種院生，希望他們也有一個安居安住的家。

家園就設在桃園縣觀音鄉，觀音，我們故鄉的名字，人間最美麗慈悲的名字。

我知道，人間還有許多像妳一樣的人，所以，佛法在人間、佛由人成，才如此真實。

阿姊，妳的名字叫許淑慎，「觀音愛心家園」的電話是（〇三）四八三八一一八。我將之寫在這篇文章裡，希望妳和家園裡的孩子，都得到人間觀音心那深心的祝福。

二〇一一年十二月二十二日《聯合副刊》

之八

唯有音樂，挽救一切

乃元、千洵：

十二月十一日到國家音樂廳，聽乃元和TC室內樂團合作的音樂晚會，貝多芬的《命運》。好久沒見到你們兩位了，演奏會前一晚，我找出了乃元的一張獨奏CD，慢慢的聽，彷彿重溫因為音樂而有的多年友情。

聽那晚的貝多芬，我曾兩度熱淚盈眶。其中一部分，是為了貝多芬本身，一個耳朵全聾的音樂家，如何在想像中重現音樂的秩序。佛教講眼耳鼻舌身意的「六根互用」，心才是能悉知悉見的主宰，貝多芬人間體現了這一點；嘈嘈切切的心靈衝突，層疊、對話、統合，又有他「非如此不可」的出格。

一部分當然是為了乃元，貝多芬作品偶現接近樂園的狂喜，你們的演奏使之有了人的位置，就像一個人在一列天使中引吭高歌，我們從天使中認出他來。

那晚我心中浮現乃元演奏帕格尼尼時候的錄音，帕格尼尼誇飾的部分被重新詮釋了，充滿了安慰的力量。很多年前，我曾在一個午後，感覺到乃元演奏的帕格尼尼宛若一黃金羽翼的蜻蜓飛過水面；那一個午後，我乘著那隻蜻蜓的翅膀，度過了一個心靈黯淡沉鬱的轉折點，那天，我寫了一首詩記述那種體驗，裡面有兩句：

唯有音樂
挽救一切

音樂會結束，黎煥雄帶著我們一群人到後台看乃元，人很多，所以，我把這個乃元演奏挽救我心靈的故事，留到這裡，說給兩位聽。

謝謝乃元。也期盼你們忙中偷閒，和我一起喝杯咖啡，我知道一家咖啡館，它的拉丁美洲水洗豆很棒。我也很想和你們闊談諸事種種，包括我們都遇到的一些人間憂愁，但我很放心，你們兩位都會很好的；音樂，音樂是你們給了人間寬厚優雅的禮物，音樂也會給你們深深的安慰與祝福。

就像你們這次的演奏並沒有指揮，彷彿契入空性，空生大覺中，每個音符都是大海中的一片波浪。

二〇一一年十二月二十九日《聯合副刊》

之九

種樹的人

吳晟老師：

一下子快過年了，不知為何，最近想到您好幾次。可能是因為去年將入冬時，我們常見面，談論編一本跟國光石化有關的書。

在此之前，我和有鹿同仁去彰化找您，二〇一〇年夏末，在您老家的園子看您的書屋，樹下飲酒，講話。您不斷的表達對濕地將被破壞的憤怒，像個熱血青年。

您除了親力的參與、完全的投入，甚至動過最後不惜用自己身命來阻止石化廠興建的念頭，我記得自己曾向您說：這樣不值得！一定不要如此！

後來，您和許許多多幫忙的人，編出了《濕地．石化．島嶼想像》這本書，這是台灣環境保護運動史上特殊的一本書，為運動說服社會大眾的構想，提供了細緻、理性的文本。

書得到許多注意，隨著社會對反國光石化的認同增加，也因為三月十一日，日本因地震發生了核電廠災變的巨大工業浩劫，我知道，國光石化一定會停建的，因為，總統選舉也又快到了。

當宣布國光石化停建的那天，我打電話給您，希望您好好的睡幾天大覺，把身體照顧好。

運動告一段落，書店裡的書陸續退回了一些，但很奇怪，作為出版者，我反而高興。

許多人不必再耗費生命於抗爭了，白海豚不必轉彎了，大城濕地留下來了。這是我只此一次的書被退回反而高興的經驗，因為我知道，您終於可以喘口氣，稍微休息一下了。

快要過年了，我在想，春天的時候，去彰化看您與您種滿了樹的「純園」。樹會慢慢長高，像您投入的運動，最重要的價值都會被看見，只是，需要一些時間。

天冷了，想到有一次抗爭後，您身上淋了雨來找我討論書的進度，我常常想到那一個晚上。

詩人、作家、運動者、種樹的人，這些身分都很重要，吳老師，願您康健！

二〇一二年一月五日《聯合副刊》

之十

在佛陀紀念館之中

如常法師吉祥：

十二月二十五日去高雄佛光山參加佛陀紀念館開館典禮，心中感觸很多。兩年多來，佛館從主建築硬體的初步完成，滿地施工的泥濘，到每次去看，以驚人的進度，終告開光啟用，真是不可思議。

這兩年得一因緣，和法師們一起編大師的幾本著作，我自己成長很多。記得編大師《般若心經的生活觀》之前，到高雄總本山，您問我，心經最核心的一句話是甚麼。當下，我彷佛面對棒喝！究竟是什麼？我背得滾瓜爛熟的心經、抄寫過許許多多次的心經，究竟在說什麼？我好像是被追問：你是誰？你有沒有靈魂？

我像一個被識破而不知所措的人，心跳劇烈，久久無法開口。「以無所得故，菩提薩埵。心經在講無所得、無所住、無我。」隔了許久，當我們走了很長的一段路，您如是說。

大師發心，以無我的心為諸佛菩薩創建一座紀念館，於今落成。相信日後有無數的人，像我一樣在園區中，敬佛、拜佛、禮佛，而終究識得：即心即佛、自己未來會成佛！

願大師和您們都健康！願諸有情走在佛館中，都會看見自己的心，與佛是一不二。

二〇一二年一月十二日《聯合副刊》

之十一　很多輩子

媽媽：

最近常常想起我小時候，跟妳，還有伯母兼阿姨——妳的姊姊，一起去「摸蜆仔」，賺錢貼補家計。

大多到一些清澈的溪流，有時，我們走得很遠，小小的我，跟著妳們很放心，知道終究會回到家。

夏天的溪流，其實是很清涼的，我也不覺得苦，就把它當作遠足；但鄉下的樹上、竹中有很多蛇，我常常恐懼被蛇咬，也擔心萬一妳或伯母被蛇咬了怎麼辦。那時我常常在腦中規劃求救方式，但鄉下人很少，我們又去那麼偏遠的地方，我充滿恐懼，彷彿知道了，這個世界有著離別和死亡。

二〇一一年，伯母捨報了，就在春節假期。她是妳的親姊姊，我可以想像妳的悲傷。

記得有一天，妳因為想念她而哭了，我跟妳說：媽，別傷心了，伯母今生到此；我們生生世世都活過很多次，也死過很多次了。我們要學會不悲傷。媽媽，這叫做「分段生死」，佛法就是要讓我們不在每一次每一次分段生死而悲傷。

今生我們是生死眷屬，因為甚深因緣的關係，所以我們為母子，每次我看妳，都像是認識妳已經很久很久了，我們一起有一些人間的功課。

像妳在我小時候，教我作文；像我現在，和妳談普門品。

我們的功課，已經學習過很多很多輩子了。

但此生最好。

二〇一二年一月十九日《聯合副刊》

之十二

怎樣讀普門品

媽媽：

前年妳身體有一些小恙，除了陪妳看醫生檢查，有一天，我為妳抄了一本《觀世音菩薩普門品》偈頌的冊頁，有幾個字比較難，我幫妳加了注音。

我小時候，妳在聯大皮革廠上班，我都在村口等工廠交通車把妳載回來，晚飯後，妳常教我寫作文，那時稱為「提早寫作」，妳教我用蠟筆畫圖，一年級的老師叫林阿泉，他總是不吝惜稱讚我，我到現在還留著一本提早寫作簿。

那是我寫作的原始，妳教會我，文字除了表達、敘述，還有情感與想像的世界。

普門品是《法華經》中的一品，常被單獨抽出來，流傳廣遠，又被稱作《觀音經》。

觀世音菩薩，是一位偉大的覺悟者，兩千多年前，佛陀說法的年代，他用詩一般、歌一般偈頌的方式，讓人容易記得他所說的故事和道理。

媽媽，普門品中，所說的「無垢清淨光，慧日破諸闇」，很重要，我們要常常想像、觀想自己的身心很乾淨、清淨，菩薩放光來照我們。

身心清淨了，我們身體便能好好充電、休養，觀世音菩薩是宇宙中所有大慈悲、大覺悟的人之一，他們用無求無得無量無邊的祝福如光照亮我們。

觀世音菩薩是諸佛菩薩在人間大慈悲心的最佳代表！但是，我們要先學會祝福自己。

二〇一二年二月九日《聯合副刊》

之十三

觀世音菩薩在哪裡？

媽媽：

這個冬天多是陰雨，有時候，我覺察、思惟自己的一些變化。

我住在板橋介壽公園旁，有許多好看的大樹，但是以前，公園涼亭下用擴音器、麥克風大聲唱歌的老人們，常常讓我，心快發狂。

因為我都晚睡，以前常常一大早被喧鬧的聲音吵醒，非常的不快樂。

多次勸說沒用，我也被激怒過，跟他們吵架。

有一天，我依照慣例被吵醒，既睏倦，又憤怒，又委屈。

那一個周末早晨，我不知如何是好，就關起氣密窗，開始大聲的讀《觀世音菩薩普門品》。

我非常專注，以致於完全忘了公園裡連氣密窗也擋不住的聲音，連他們的聲音何時結束，我也不知道。

過了那一天，他們聚會時的擴音器歌唱，就不再困擾我了，當我一心專注安靜之時，外在的境界確實可以被心所轉；甚至，我開始學會一點點慈悲，去想：他們那麼老了，一天中最期待的或許就是這一大早的相聚歌唱吧。

媽媽，我沒有看過觀世音菩薩，但他的心量，讓我出離了一樣人間困擾，如此真實不虛。

媽媽，我也知道我在人間見到的第一位觀世音菩薩的化身，就是妳。

所以，媽媽，當妳不安、煩躁、恐懼的時候，如果不想念普門品，就念：南無觀世音菩薩。

當我們的心越來越專注、清淨的時候，我們會有更多輕安自在；那麼，觀世音菩薩就與我們同在了。

媽媽，這一生，我會常為妳稱念觀世音菩薩的名號。

二〇一二年二月十六日《聯合副刊》

之十四

心像大海

媽媽：

大概四十歲以前，我的心常常住在一些情緒裡，比方說，憤怒、恐懼、焦慮、偏執、激動，有時感到自己像溺水般的憂鬱。

我花了很長的歲月，才學會跟這些情緒相處，找到一些平衡之道；但有時我越想控制、消滅這些情緒，它反而累積，有時候爆發，我都覺得自己像是餓鬼或阿修羅。

甚至以前別人的言語或行為，如果我覺得有惡意，我就會很生氣，然後反擊；我花了四十年，在學習認識自己。

我還以為，那些情緒是「我」的生命呢。

所幸，很負面情緒的時候，我都讀經，譬如，普門品、金剛經，或默誦心經。總是有用，因此我還算能夠平衡。

這幾年，我多了一些進步。不等情緒生起並蔓延擴大，當有不快樂的事發生，我都去想像，這些是幻化而已，像大海裡的一個小泡沫，一下子，就會過去。因此，也就沒什麼好罣礙、生氣或恐懼。

我常常去想，生生世世以來，不知道「自己」有過多少負面情緒，但又有哪一件是此生的「我」記得的呢？既然如此，我為什麼要浪費那麼多生命住在情緒裡？

《金剛經》中，佛陀回答須菩提如何處理自己的心，媽媽，要理解佛陀所說的「空性」，我們可以從想像自己的心是無邊的大海開始，這個那個不如我們意的總總，都只是瞬間生滅的泡沫而已。

媽媽，一瓶墨水是沒辦法把大海染黑的。

我們的心真的像大海，我們的心本來就是大海。

媽媽，下次身體有一些不舒服，有不如意的人或事了，妳就去想，自己的心是大海。

當我們的心不是情緒的心，而是無窮無邊的悲智大海，我們就會遠離害怕與恐懼了。

二〇一二年二月二十三日《聯合副刊》

之十五

無生法忍

媽媽：

我們這一生都在「忍」當中。

忍受各種不如意，忍受各種挫折，忍受我們關心、心愛的人的病與死。

像爸爸癌苦多年，像奶奶臥床多年，像伯母兼阿姨——妳的親姐姐突然急症。

他們的捨報，對妳很多衝擊。

我可以理解妳一定有很多困惑、感慨與悲傷，並未跟我說。

媽媽，佛教講三種忍：生忍、法忍、無生法忍。

生忍是為了有這個身體忍受，為了生活、為了活下去的忍。法忍是，知道有無窮的慧命，知道這個肉身可以解脫，而做「難行能行，難忍能忍」的忍。

但是媽媽，忍很不容易，有時很折磨，常常會讓人想退縮，甚至放棄。像觀世音菩薩，就是體會了「既沒有生就不會滅」的道理，所以他通達了「無生法忍」，而成就為大菩薩的。

我們可以這樣想：無生法忍是當念頭不生起時，就不需要去滅它。比方說，我們去醫院檢查，等報告出來的時間，總會東想西想，心中煩亂不安。但如果，我們好好吃乾淨的食物，好好運動，放鬆心情，放下亂想，結果出來，再好好照顧處理我們的身體，那樣，我們的心，就會更自在，更有能量了！

菩薩就是把無生法忍做到完美的人，他們不會因為肉身而感到一絲絲苦惱了。

媽媽，佛陀在世的時候，也總是背痛呢。

媽媽，無生法忍不容易，但我們真的可以做到一部分，所以，也沒那麼難。

我們去體會，今生有這個肉身，是因為因緣和合而成的，因緣都會散散聚聚，不會永遠不變。

既然是散聚的，我們照顧好肉身就行了，學著不要因為肉身必然的衰退痛病而憂愁苦惱。

媽媽，這一年多來，妳的身體越來越好，我們一起來學「無生法忍」，讓肉身更自在、輕安。

輕盈而平安，不為各種負面情緒與想像而感到重擔。

媽媽，我們將學會的。

二〇一二年三月一日《聯合副刊》

之十六

還有很多沒說的

媽媽：

這個十六篇的「祝福十六帖」短文專欄，後面這些篇章都是寫給妳的，專欄到此結束，還有很多沒跟妳說的。

我今年四十五歲，與妳為母子四十五年，其實，從因緣來說，我們好多好多輩子以來，一定都有因緣，我們曾經以不同的身分，生生世世都認識過了。

媽媽，佛法就是因緣法，六道輪迴裡面，做人是最特別的了！人生實難、實苦，但因為又難又苦，我們會想辦法「離苦得樂」。

媽媽，佛法不僅是解脫法，也是很棒的快樂法則呢。

年輕時，我內心其實常偷偷抱怨，爸爸的火爆急性子，還有妳的害羞和膽怯，統統都遺傳了給我；我常常覺得自己的心，像是冰塊掉入火爐中。

我費了許多年的時間，才學會和自己的心相處。

也才理解，我們因緣的珍重與可貴。

爸爸捨報十二年來，我也是到這兩年，才比較沒有世間的悲傷，而多了一些釋懷的坦然。

爸爸的肉身早就不見了，但於佛法而言，離開了也是存在；他對妳和我而言，又何嘗離開呢？

因緣之中的流轉，彼此的身分，常常會讓人牽掛、放不下；以前我們也一樣，總也會想到時，不捨和不甘。

但是媽媽，佛陀在人間也以他肉身生命的有盡，來提醒我們慧命無窮呢。

慧命，就是「以慧為命」，而不以肉身在世間為生命。

所以媽媽，以後我還是要跟妳多分享佛法，把我們與世俱來的慧命擦亮呢。

我會在妳的身旁，諸佛菩薩更是隨時都在妳的身旁。

媽媽，來日方長，今生我們會學得從因緣法中得到的法身自性、本然清淨，像水，又像光。

媽媽，這些文字之外，想跟妳說的還很多，我會再慢慢的和妳聊。

二〇一二年三月八日《聯合副刊》

輯二

抄經日常

原是一名抄經人

捨得，捨不得。

沒有一步到位的智慧，都是在煩惱中、痛苦裡逐步學會的。

元月十一日，我的老狗尼歐捨報了，下午，我從五洲動物醫院開車把他接回家，停在地下二樓的停車場，抱著他要坐電梯的時候，他突然睜大了眼睛看我，劇烈喘了幾口氣，當我開了家門，把他放在狗窩中，幾秒鐘，他便斷了氣，他的眼睛瞬即黯淡，黑白分明的眼球彈指轉而為灰，我為他蓋上往生被，開始為他助念，直到八個小時後圓滿。

一直想要為尼歐好好抄一次心經，但是因為他此生最後一段時日的重病，我必須常常抱他飲水、上廁所或就醫，又因為他的心臟脆弱，所以我用一種不合人體工學的姿勢抱他，而導致右肩受傷，手力不濟，一直到一月三十一日凌晨，我取出旭原、惠美從京都為我帶回來的筆，開始為尼歐抄了一次心經。

其實兩年前的冬天，在春節過年之前，尼歐就曾經離死亡很近。那年尼歐在五洲動物醫院住院，我的大兒子去看望陪伴他時，為他念《紅樓夢》，我則多為他念觀世音菩薩普門品及六字大明咒，那時他的身體敗壞，也長了攝護腺腫瘤，各項生理指數都顯示他是一隻即將捨報的狗。那個冬天，我也曾為他抄心經。

尼歐不是寵物，他是我的狗兒子、我的家人。

二〇〇四年初，農曆春節有六天五夜的假期，在那之前，正是我生命最艱難困頓的黑暗期。春節假期，我一人在家索居，也決定好，過不了關時，自殺的方法。

終究我佛慈悲，我終究靠著抄經，度過了那六天五夜。我用大張的紙，抄寫法華經的觀世音菩薩普門品、化城喻品，也為一位朋友抄寫注解了一部心經。

那個酷寒無比的冬天，我記得是不下雨的乾冷，還有些微陽光，尼歐那時是不到一歲的小狗，純種好看好動的米格魯。有時抄經累了，我躺在地板上，他就過來舔我的臉，我就告訴他，我人生所有的恐懼、黑暗和不堪，他用慧黠的眼神表示傾聽和理解，他並不需要言語。

有時尼歐跑近他的外出皮繩旁，叼著皮繩跑近我，希望我帶他去戶外散步。對於那時缺乏行動力的我而言，有萬般不願意。我曾經喃喃的向尼歐說過「我都決定要自殺了，你還要我帶你去散步!?」

尼歐堅定的叼著皮繩，左右蹦跳，他那種全然純真的眼神讓我無法拒絕，所以，我滿他的願，就帶他外出散步、晃盪，有時一個小時，有時兩個小時，戶外的陽光照著我們，並不能驅趕我心的寒冷，但我們相互陪伴。

我的心中也開始有光，慢慢的照破了黑暗。

有一天凌晨，抄寫觀世音菩薩普門品，抄到手累了，暫停休息時，閉上雙眼，眼中心中可以感覺無量無邊的柔光紛紛，宛若細碎的鵝絨漂浮在空中，那一刻，我感覺到真正的平靜、自在、內外不分，好像我的心與這個世界不再衝突乖違了。

兩年前的冬天，尼歐曾經離死亡很近，那讓我痛貫心肝！我常常掉淚痛哭，捨不得我的救命恩狗就要死去。

一天晚上，法鼓山方丈和尚果東法師打電話給我，我向方丈和尚傾訴我的捨不得，方丈和尚慈悲，告訴我，那天晚上，他會為尼歐念佛。

同一天晚上，張淑芬女士打電話給我，她是一位成功的企業家夫人、一位學佛並多行慈善的大姊。她先是對我當頭棒喝，喝罵我死生本有因緣，竟還哭哭啼啼，學佛都白學了。但她告訴我，今天晚上，她會為尼歐念一整卷《大孔雀明王經》。

過了那一晚，尼歐不可思議的脫離險境，終在過年前出院回家。

這兩年來，我總是在尼歐跑近我時，為他念六字大明咒，跟他說，希望他下一世，能得到人身，可以自己思惟佛法，儘早解脫。

其實，七八年來，我都這樣為尼歐念說六字大明咒了。

他曾在一個異常艱難的冬天救我於死生懸崖之前，我理應回報他諸佛菩薩的智慧慈悲吧。尼歐是一隻狗，也是我的菩薩。

那一個抄經的冬天假期，他慣常或坐或睡在我腳旁，不須言語的陪伴，其中並沒有密意，就是全然的信任陪伴，沒有語言的誤會，心與心可以直接會通。

假若那個冬天沒有尼歐，一切因緣的流轉就會不一樣了。

甚至尼歐到生命的最後一刻，都對我慈悲。

他所患之疾，動物醫生告訴我，最後會舌爛吐血，家人不忍見尼歐如此，希望在最後時刻能夠安樂死，不要讓尼歐受苦。

我沒有馬上答應，那跟我佛法的訓練不符，尼歐會昏昏沉沉進入中陰，於他後來之世，甚不妥當。但我的內心非常煎熬，也動過念頭，告訴自己，不得已的時候，就進行吧。有好幾天，我的內心痛苦萬分。

尼歐捨報那天中午，我帶他去醫院皮下注射，他在診間，開始口中滴血，我也動了念頭，或將進行。

下午我去接他，依每日之慣常載他回家，他終究決定了離魂在我的懷裡、死去在我們的家中。他成全了我，圓滿我之所願：希望他在斷氣之時，我在他的身邊，為他八小時專心助念。

二〇〇四年初，尼歐陪我抄經那六天五夜過後，我就沒再想過自殺了，那個我從小就曾浮現多次的念頭。

我也在那之後，變得比較認真學佛一些、專心抄經一些。

蔣老師急性心肌梗塞那幾天，我就每日為他抄一次普門品偈頌，珠兒汪浩搬家，我也抄普門品偈頌祝福；有時抄心經，有時抄觀世音菩薩普門品偈頌，身邊長輩朋友，或有得之，那都是我的祝福。

抄經念佛持咒，會「沒有苦厄」嗎？不會的，只是會讓我們「度一切苦厄」，是「度過」，而非「沒有」。

二〇一一年，我曾經為大兒子含光抄了一本普門品偈頌的冊頁，送給他做為祝福，那是他要進入青年前最藍色困惑的時候，有一天凌晨，我在回想自己和他的因緣，就慢慢抄了這本冊頁。他還如此年輕，我相信有一天，他會知道佛之深恩、菩薩慈力，也會學得「度一切苦厄」。

抄經時的專注，可以忘記憂慮、恐懼、憤怒、不安，一筆一劃，因為專注，可收放心，可以降伏狂心。

狂心稍歇，歇即菩薩。

「我為汝略說，聞名即見身，心念不空過，能滅諸有苦。」我還沒有學會「心念不空過」，但這些年來，我已經習得一些對外境如幻觀之的能力，也大多能很快轉念，煩惱罣礙少了許多許多。

二〇一五年秋天，王心心送了我幾把京扇子，我寫了一柄心經回贈，也抄了另一柄，準備送給母親，夏天的時候，她可以用來搧涼。

如果有一刻，母親看到心經的句子，而少了煩惱、多了自在，那就太好了。

如果沒有，那麼我的祝福，願是母親搧涼時，清涼的風。以無所得故，菩提薩埵。

我就是隨念隨緣隨喜的一名抄經人吧。

在主持有鹿文化之外，在做為詩人之外，我和許許多多有情眾生有緣。一切法從緣而起，微塵或者世界，都是因緣和合的「一合相」吧；所以這一切因緣，也是幻化的「虛假而有」，這個世界，是一座「化城」。

那麼，這名抄經人，因為抄經而借假修真，路曼曼其脩遠兮，無窮止的慧命裡，且與有緣眾生同行。

我也和一隻狗，名叫尼歐，曾經同行。

二〇一六年七月二十三日《聯晚副刊》

佛經、星雲大師與我

二〇〇三年冬天，因為各種原因生起對人、我關係乃至對自己和世間的絕望，我突然浮現一個從十樓的辦公室跳下、一了百了的念頭。

這個念頭縈繞不去，困擾至深，整個冬天，我險被自己心中湧現的巨大憂愁所溺斃。那火與冰循環交替的躁鬱之心，讓我發狂。

二〇〇四年剛開始不久，便是農曆的小年夜，開始了六天五夜的春節假期；我一人離群而獨居，準備好了自殺的方法。

但有一隱隱的光，照到我。我取出紙筆硯墨，開始抄《法華經》：觀世音菩薩普門品、從地涌出品、化城喻品……，我一品一品的抄；心想，如果有諸佛菩薩，我一定不會自殺；如果沒有，必須死去，也是可以。

我睡醒了抄經，倦了便睡。白天，我喫很少的食物，有若在死去的前一秒，猶一心不亂的抄經。抄經。時而悲心生起，此刻想來，應是悲憫自己做為眾生之一的無明為何如入千年暗室；時而垂淚，彷佛諸佛菩薩，就在我的斗室之中熾然放光。其中一天，我手工做了經摺冊頁，幫一位朋友注說《心經》，那一日，朋友林志隆先生來到我家，和我相談《心經》，我一小段、一小段的注說，充滿了敬意和專注，我用筆墨書寫觀世音菩薩修行證果的心法，要送給朋友。

那次的六天五夜假期結束之後，我再也沒有想過自殺這件事。

十三歲時，到桃園縣平鎮市的復旦中學國中部就讀，王聰智老師送了我演培法師的《金剛經般若波羅密經講記》和《六祖壇經》。當我讀到佛陀有一世被歌利王割截身體的文字時，全身顫抖不已！從那之後，至今四十五歲，我不知讀誦過多少次《金剛經》了，那是此生我在人間所讀過最有力量的文字、最有智慧的話語。

一切諸佛，皆從此經出。

二〇〇九年秋冬之際，興起了為星雲大師編輯一本有關《心經》的書的念頭，因緣果熟，有鹿文化、香海文化在二〇一〇年在五月聯合出版了《般若心經的生活觀》；書中所說者，皆大師印佛心而所說。

回想有鹿文化成立於二〇〇九年二月二日，在我下定決心、籌備成立的二〇〇八年冬天，正是全球金融海嘯時刻，數位原有意願投入資金、參與創立有鹿文化的朋友都自顧不暇，我自有的資金又不足，心中不免犯憂愁；等找到年輕時的同學林良珀，他慨然同意，雖然那時候，他也正因金融海嘯而焦頭爛額。

他說：答應與我合夥、創辦有鹿文化的最主要原因，正是我十幾歲的時候，寫過一張字條給他，上面寫著「應無所住而生其心」八個字。

他和兄長良智、良炘以及舅舅經營一家公司，後來愈行布施，公司就愈成功；他常常誦讀《金剛經》，並且奉行，做為自性追求與經營之道。

「應無所住而生其心」，《金剛經》的話。當年我布施他一句《金剛經》的話，二十幾年後，他布施我、成就我的原因，正是為了這八個字。因緣何其殊勝！編輯《般若心經的生活觀》之後，又接著編大師《成就的祕訣：金剛經》一書。

《金剛經》，我十三歲時，第一本讀到的佛經。

我這半生，面對自己的躁和鬱，而能存活，而能從事自己喜愛的文化工作，而能創作，而能有一點點在人間的效用；當然是因為諸佛菩薩，當然是因為我知道確實有「以慧為命」的慧命，當然是因為，人間有許許多多成就我的人。

我知道，大師的《成就的祕訣：金剛經》一書，可以擦亮許多讀者的慧命，不止於一燈二燈，不止於一佛二佛！因為發心便是菩薩，人人都能成佛！

王品集團董事長戴勝益先生為《成就的祕訣：金剛經》寫了〈推薦的話〉；他本身是一位成功的企業家，創業之初，也曾浮浮沉沉，數度大起大落。

但他結好人緣，所以資金和機緣總是能到位；他身心安住、專注經營，所以能在看似絕處而逢生；他公開每家店的財務，與員工和諧共享經營成果，所以集團目標一致，互為一心，企業不斷成長、成就，而且絕少有員工離職；他發心立願，要讓員工除了分紅共享之外，更要有成長、晉升的機會，所以企業體就不停的創新而多元，一個又一個特色的王品「副品牌」就成功的研發並執行出來。

他說過，曾經在被財務壓得喘不過氣來的時候，一覺天亮，他曾深深害怕自己的醒來，因為又要面對利息罩頂的一天。

他的自在、他的專注、他的因緣、他的共享、他的發心，他之後的種種心念和作為讓王品集團和合無諍、一心前進，他更深知「金錢可以是善財」之道，所以在二〇一〇年，他宣布捐出絕大部分的金錢財富，做公益和慈善。

對我而言，他是佛法的人間行者、《金剛經》神髓的實踐家！

如來善護念諸菩薩，善付囑諸菩薩。

諸佛菩薩之所以是諸佛菩薩，乃因「虛空有盡，我願無窮」！在大師《成就的祕訣：金剛經》出版之前，讀大師早年的著作《觀世音菩薩普門品講話》，在〈譯後的話〉中，大師感謝眾緣和合而成就這本書；其中，王法蓮居士贈送稿紙，諸多幫忙的法師中，亦有演培法師在列。

我心中，陡然一亮。在物資貧乏的一九五〇年代，一位居士布施一疊稿紙成就大師的一本書，讓人得以，心念不空過，能滅諸有苦。

我從書房找出我十三歲時讀的演培法師的金剛經講記，想起《金剛經》的開頭：如是我聞，一時佛在⋯⋯。

一時千載，千載一時，我亦有願：願佛法永在人間！

我可以為您做些什麼嗎？

幾年前，編輯星雲大師《成就的祕訣：金剛經》期間，到佛光山去敬見大師，就書的內容、體勢做說明，談話將結束時，大師看著我，說：「許先生，我可以為您做些什麼嗎？」

會面結束之後，我在一種眩暈、瓦解的身心狀態裡，走在佛光山高雄總本山之中，覺得自己的身心攪動，彷佛一只裝滿了情緒、執著、分別、妄想的大桶子，諸多泥沙雜質沉到桶底，重壓桶底，而瞬間，覺得彷彿桶底脫落了。

那是一種接近大死一番的體驗，桶底脫落，再看自己的身心，既無桶底，好像望過去便是星雲朗朗，一片虛空。

那是我此生所聽過最當頭棒喝的一句話，卻以如此柔軟的形式說出；當下我未參加禪修，卻如同坐了一次足以變易生死的禪四十九。

因緣聽到這句話，彷彿累生累世的分別執著，卸去許多。

四十四歲以前，我是一個執見甚深的人，常常以沙特之言「他人就是地獄」的心態看待那些我以為損害了我的人與事。我的報復心不強，但常常憤怒自傷，有時忍耐不住了，也會藉著言語刀光劍影一番。

我執很深，就會不免有時一把無明火，燒盡功德林。

那一次的會面，星雲大師教會了我，如何從他人的立場與需要來觀看人間。

往昔之我，與人事溝通不順時，往往覺得我的思惟很好、判斷很好、作法很好啊，可是為何與外境還是常生扞格？我常常要耗費心神去思議，為什麼外緣不能照我的期望前進、不能滿願？

大師跟我說「我可以為您做些什麼嗎？」之時，其實他已因糖尿病症而視力衰退，眼前的我只是模糊的人影輪廓而已，但是他那麼專注的將眼光探向我，像一束光，慈眼凝視。

於我真是震動，他是看不見的看，不看人，看心。

那是一種人間緣會的「真空妙有」。

佛教講因緣，佛法正是體解「苦，空，無常」的緣起法，一切乃因緣和合而成。

我心生一想，人間雲水之緣，緣起緣滅，大師總是希望與因緣眾生結善因善緣，當他問：「我可以為您做些什麼嗎？」之時，當然是緣起性空的無自性之中真心現前，想要給人歡喜、給人希望、給人信心、給人方便；這些得到他鼓舞的人，也學得從他人的立場去思惟，以後也學會給別人歡喜希望信心方便；如是如是，不只於一燈二燈，千萬盞燈將會次第點燃。

我也從這句話，學會凡事多從、先從別人的立場去想，先摘除別人的煩惱，再做溝通，盡力之後，不能滿願者，就儘量隨順因緣。

幾位好友遂驚覺，我對人生的牢騷抱怨快速減少；於此人間，我變成一個比較快樂的人。

慢慢的，我也逐漸體會，為什麼佛陀要說，自己與他人是無有分別的。

後來，我得一因緣，跟佛光山法堂書記室的法師們整理大師口述的〈開山記〉。

那原是大師於一次講習會對徒眾所說，談佛光山開山的史要，與諸大事紀。我用了近一個月的時間，與法師們一起整理這場講說。

大師談佛光山原是一片荒山，後來如何化為寶殿；談他開山過程中，遇到別人挑剔找麻煩，如何放下情緒，直指核心；面對別人無理的對待與打擊，如何轉化成自己的動力，而能成就。〈開山記〉中，有著一個又一個鼓舞的故事，一則又一則堅忍又清淨的心情記事，我整理著整理著，熏習之後，非常非常的受用。

四年前，我和林良珀、林明燕伉儷一起創辦了有鹿文化。

關心文化與出版的朋友都知道，書店通路對新書多採折扣銷售，其中最受影響的正是出版社。

有鹿文化很幸運，有許多好作家支持，但出版環境不易，確是事實。在經營有鹿文化的過程中，我也會遇到這個人那件事，有些處理起來，也頗為難或艱難；至少，過往之我，是不太有能力處理的。

幸好大師的〈開山記〉，告訴了我「生忍、法忍、無生法忍」的忍辱波羅蜜。

佛教講六度波羅蜜，六種得度的方法：布施、持戒、忍辱、禪定、精進、般若（空性智慧）。

生忍，是為了有此人身必須存活於世所不得不的忍。

法忍，是為了精神、價值、意義而行的忍。

至於無生法忍，是菩薩境界，不生起包括忍的一切分別妄念，就不需要去滅它，但又直下承擔、任運自如；生、滅都滅了，是「不忍而忍、無忍可忍」

的自在境界。

我看整篇〈開山記〉，不禁讚歎！真是生忍、法忍、無生法忍啊！為了佛教，為了利益眾生故，大師真是沒什麼不能忍的。各種別人覺得挫折、橫逆、打擊的事，於佛光山開山過程中，一再發生；一般人應該早就心生退轉了，但大師深知「忍辱」三昧，是以心想願成、無事不辦。

我於其中，未得精髓，僅僅沾得大師忍辱之行證的些許法味，就受用不已！慢慢的，我知道，出版、文化事業是我所愛、是我所長，既然如此，我也應習得生忍、法忍，並趨向些許無生法忍啊！

從此我對有鹿文化，乃至於世間人事，有了不一樣的觀看方法；發生這發生那，我也多能如常面對、如實處理。

我覺察自己的心，越來越自由自在。

二〇一二年，大師的《佛光山開山故事》出版，從〈開山記〉出發，彙要了佛光山之開山如何從點點滴滴到法水流長，非常動人。

我買了一些《佛光山開山故事》送人，總是向朋友說，心懷有志或創業之人，最應讀此書。

這是一本世間法、出世間法都讓人得大善利的書啊！開山，如此不易；一般人要開自己心中的山，更難。

二〇一二年，因緣之故，發生了幾件在生命中我必須「難忍能忍、難行能行」之事，一開始，非常非常逼迫我的身心。

如發生於往昔，恐怕我不知應如何面對、怎樣處理。

我總是回到大師「我可以為您做些什麼嗎？」那句話，去想，我可以為煩惱泥中的因緣之人做些什麼，並且，不讓自己也隨之陷入煩惱泥中太久、太深。

我還是會有時陷在煩惱泥中，但煩惱執著的時間已能縮到很短了。

逐漸的，我也約略懂得，需忍時而不思議辱、不覺得辱，有時也就轉念，是以身邊因緣而起的諸事，也就逐漸轉變了。

蛇年的春節假期，我多陪母親，同時讀大師堂堂十五巨冊的套書《百年佛緣》。

大師年近九十，與民國之誕生相距不遠；他復又少年出家，真正是，百年與佛之緣啊。

想大師定是再來之人，與佛何止百年之緣！大師總常提醒大家，人的法身自性「竪窮三際，橫遍十方」，是不被時間空間所限制的。

我讀《百年佛緣》，欲罷不能，也就短短時間之內，全部讀畢。

這是一部從大師因緣所見的佛教史，也是他學佛、行佛的人間法履足跡。

佛經的開頭，總是「如是我聞，一時佛在」。

「一時」佛在哪裡說法，或靈鷲山，或孤獨園；一時千載，千載一時。

佛經如同佛陀的法身，《百年佛緣》則是佛陀讚歎每一位「善男子，善女人」的人間印記罷。

這三年來，編輯了大師的幾本書：《般若心經的生活觀》、《成就的祕訣：

金剛經》、《人海慈航：怎樣知道有觀世音菩薩》、《十種幸福之道：佛說妙慧童女經》等書，我也跟隨隨著多入一些經、論，也讀了大師許多著作。

編《成就的祕訣：金剛經》的時候，我因認真讀了數百萬字，在短短幾個月內，老花度數增加了許多。

我的眼力衰退，但心力上增，覺得自己非常有福報。

人間因為有佛法，很多人因而有了應世、用世、修行的辦法，有些人因此明心見性，並且廣大平等。

六祖惠能說，「功」是明心見性，「德」是廣大平等，是謂「功德」。百年佛緣，續佛慧命，功德如是，是故應頂禮。

我要向教會我「我可以為您做些什麼嗎？」的大師，深深頂禮。

因為心知眾生都有可能成佛，所以大師常說「有您真好！」他說「您」而不說「你」，我知道是因為他禮敬每個人尊貴無比的佛性；在《法華經》中，佛有一世做「常不輕菩薩」時，見到每一個人，都讚歎他會是未來的佛，所以向每一個人頂禮。

那麼，《百年佛緣》正是星雲大師對一切眾生的合掌了。

二〇一三年三月二十五日《聯合副刊》

沙龍的夜晚

愛蜜莉．狄瑾遜有一行詩：「啊狂野的夜與鉛的時刻！」對我而言，參與過一些每個月一次禮拜五晚上的「文學沙龍」，是怎樣性質記憶的夜晚呢？

好幾年前，第一次去朗讀自己的作品，那天，還有朱天心朗讀他寫給父親的篇章，我朗讀自己寫給亡父的文字；那一晚，我感覺，書寫的追憶和療癒是一種奇異的光，在夜裡，字與詞，宛若心的反光，湛湛然，好像憂傷可以航行，遠颺。

我聽著朱天心天問般上下求索的叩問，突然覺得非常有安撫的力量。死亡，在人間的我們將之視為寃錯，但逝者，也在一瞬回望。生了又死、死了又生的人間，文字透過聲音，變成慈悲的攜勉守望。

因為那一個夜晚的經驗，從此，宇文正若有邀我去主持「文學沙龍」，我總是欣然而往，甚至是原定主持人有事而我去墊檔！不只是因為和宇文正的友情，有一部分，是因為「文學沙龍」的氛圍太迷人。

嚴格來說，「台北故事館」的場地並不適合朗讀，音響也非太好。但是，每一次與會，我都可以感覺到來賓的交感互通的心跳、朗讀作家全心的沉入自己的心念中，而有，一片奇異的光如是籠罩。

陳國慈女史、許峻郎兄發自內心喜愛的參與，超越了工作，也是我美好記憶的一部分吧。

每次去主持，我都告訴聽眾：「文學沙龍」是我最愛主持的活動。

我不知道會不會有聽眾覺得這是應景應卯的老哏？但，那是我發自內心的話。

一群安安靜靜、至為投入的聽眾如舟上客，朗讀的作家則像水手划船，一起航行在滿天星空的夜晚的海上。
啊有光的夜與金的時刻！
啊我終究剽竊了狄瑾遜的詩句。

二〇一五年一月十三日《聯合副刊》

九分凡夫一分僧

年紀忽而到了半百又一，卻顧所來徑，也有蒼蒼橫翠微，也有空空如是也。曾經請書法篆刻家李默父刻了一方章：「九分凡夫一分僧」，有時候寫了字，在置放印章的錦盒中端視、思惟該選用哪幾方，總是會看到這方章，是自鑄之句，也是半百以後的心情自況。

基本上我應該是這個人間不適於存活的「不良品」。年輕時又躁又鬱，有時候思慮和說話如機槍掃射，常常開了許多「心靈頁面」同時運作，不停的加速度，完成事物的速度奇快，如火烈烈。然後到了一個時刻，會陷入溺水的感受之中，覺得世界充滿巨大的敵意，我遂又恐懼，又憤怒，又自責，又喪沮。

我不是如同德國作家歌德半年躁半年鬱、顯得極規律的那種類型，而是短期間內就可能躁鬱交覆的那種。冰與火之歌——半生以來，我花了許多的時間檢查自己的emotional level。天氣由熱驟冷，或者由冷驟熱之時，我都非常恐懼，非常警覺，非常哀傷，因為有一種神祕的力量操控著我，教我不能自主的隨它火中燒、冰裡凍。

我因此覺得被許多人傷害，也傷害了許多人。

我極偏執，只做自己感興趣的東西，其他人間之事，希望能一概不要管，最好與我兩不相涉。比方說，到現在我都不會播放DVD，因為我對讀取機器指令感到非常不耐煩，事實上是令我抓狂。每次使用電郵，要寄附加檔案時，我總要拜託同事，他們大概教過我一千遍了，「老闆，就只有兩三個步驟啊！我來教你……」我不是不想學，但學了就忘，我實在無法理解那些鍵盤指令的次第和意義，所以我只用電腦、手機最基本的功能，到現在，我還是不會夾帶附加檔於電郵之中。

我很晚才用電腦。現在的我常上網，搜尋資料或者看網路書店的各種訊息，但我學不會上網買高鐵票，或者下單買書、買磨豆機……嚴格來說，我是一個低社會功能者。

我很想但不具備足夠能力來滿足社會化的期望，但我的人生種種，都是高度社會化建構的積木城堡。

以前，年輕的時候，有很長的時間，我是「神農嘗百草」，楊幹雄醫師、王浩威醫師，輔大校長江漢聲醫師都是我的救命恩人。在沒有手機的年代，他們都給過我BB Call、醫院診所電話，甚至是住家電話，讓我真的在急難時可以找到他們。我是雷恩，他們搶救過雷恩大兵。我是雨中失溫的鳥雀，他們是施食者。

我的皮夾裡，還放著江漢聲校長、楊幹雄醫師的名片，雖然，我很多年不需要就醫服藥了。名片上，他們密密麻麻寫滿了各種聯絡的方式。這兩張名片，我會一直留存到此生死亡為止，它們是我的心靈痛苦赦免文件。

我又對聲音極度敏感，坐在咖啡館裡，幾乎可以聽到每一桌的對話，他們的交談清清楚楚；一張ＣＤ中，聲音的細微處，我總非常有感受。我對公園的卡拉ＯＫ完全無法忍受，別人覺得可以忍受的公園中的土風舞音樂，對我總是像雷轟、針扎。

四十歲以前，走在馬路，我常常邊走邊用手指塞住耳朵。

很多很多年前，有一次開車聽廣播，電台正在播放布拉姆斯，音樂只出現一會兒，我就告訴自己，「這是崩潰前夕的聲音」。果然不久以後，音樂終了，主持人說，這是布拉姆斯住在萊茵河畔、一次崩潰前夕的作品……

年輕時，我還有各式各樣的身心徵候，基本上，我是一個值得被精神科醫師分析的完美個案。我曾經有過一本筆記本，上面寫滿了各種藥的副作用，我用詩句般的文字去記錄它，我可能比大部分精神科醫師更知道藥物的副作用，因為我自嘲是神農嘗百草。

像我這樣的人，人間的不良品，怎麼可以一直活到現在呢？憑藉著書寫、抄經、念六字大明咒、學習佛法，因為這些心力的鍾煉，我不服藥已經六、七年了，包括安眠藥。

年輕時，我的記憶力奇好，真的接近一目十行、過目不忘，朋友花了半個月，寫成兩張Ａ４紙的創作自述，我瞄過就放下，朋友非常不滿的說：「你根本沒有認真看！」我就從頭到尾把內容說一遍。到現在，我還記得二十多年前，汪浩和珠兒倫敦家的電話。詩人向陽有一次忘了他太太方梓換的新行動電話號碼，遂打電話問我，我就不假思索地回答他。我記得許許多多的資訊——甚至是無用的雜訊，我記得許許多多從心想生的羞辱、傷害——被我放大後須彌壓頂的羞辱與傷害，然後坑坑疤疤，步履維艱，假裝美麗實則艱難的活著，活到了四十歲。

記憶力好、擁有一些知識，有什麼用呢？我在人間，一點，都不快樂……我的上半生，極度自閉、自厭、自傷、自棄，我憑藉著大量的話語，見到別人就一直說話來掩蓋腐爛的恐懼；但我尚存著一絲生之欲，或許是多得善緣之扶助，還是活了下來，我常常想起蘇曼殊的詩句「尚留微命作詩僧」……

四十歲，我的記憶力開始不好了，不太能再背住別人的電話號碼。然後我經歷了一次痛劫，憑藉著抄經，活了下來，居然就越來越明亮一點點，可以看護好自性心光，不被八風吹熄，一直到現在。

那種經歷和心情，曾應宇文正之邀，寫了一篇〈原是一名抄經人〉，發表在二〇一六年的《聯晚副刊》。

佛法的基本核心正是「緣起性空，轉識成智」，而對此知見的「忍力」和「思惟力」學習，也正是我此生在人間獲他救、自救的轉捩關鍵。

當我開始體會「緣起，無常，無我，空」，才是我真正學會能夠有一點點能力，努力出脫於心的痛苦。

二〇一七到二〇一八年，算是我的瘋狂創作年，我重新燃起創作的渴望。但不像年輕時，詩和美和佛法，只是為了自悅自救，我還充滿一些分享的渴望。

二〇一七年六月，同事幫我編出睽違十二年的新詩集《我的強迫症》，我好像又重新拾回詩人的身分。二〇一七年五月，「敦煌藝術中心」的洪平濤先生、劉芝蘭小姐看到我的臉書po出一片梧桐木片，上面寫有送給小兒子雲藏的〈心經〉，因而向我邀約手墨個展。《你的靈魂是我累世的眼睛：書寫觀音書寫詩・許悔之手墨展》於台北「敦煌藝術中心」展出，二〇一八年三月二十四日開幕，承法鼓山方丈和尚果東法師蒞臨致詞，王心心南管禪唱〈心經〉；開幕之日，我站在他們旁邊，如幻又實，彷彿半生，彈指便過了，卻顧所來徑，在一夢之中哭之笑之，悲欣交集。

我還答應了《蘋果日報》每個禮拜天見刊的文化專欄《點根菸》，四月一日起，每周一篇，每一篇都寫我認識的文化人、藝術家，談其人，品其藝，探其心，我想為一些創作者的真心留下紀錄。

二〇一八年十、十一兩個月分，受東華大學須文蔚教授之命，將前去擔任駐校作家。

同時，應《文訊》雜誌封德屏女士之邀，二〇一八年五、六兩個月分，將在「紀州庵文學森林」擔任駐館作家，奚淞先生、林谷芳先生、李昂女士……還有許多位作家朋友，都會參與演講、座談或評析。我準備了許多文件、照片、手稿——包括二十幾歲時寫出而從未示人的小說手稿，一併展出。同時也準備了一些委由名家裝池、極為考究的手墨作品，同時面世。

答應這麼多的事，包括五、六月分擔任《聯合副刊》駐版作家，只有一個分享的念頭：般若與美，如何助我度脫於諸苦。

年近半百之時，我發現自己已經不愛飲酒、不尚美食、比較靜定、較不攀緣，進步了一點點，如同「九分凡夫一分僧」；雖未得心自在，但已知一切法從因緣生、從心想生，緣起，性空。我越來越喜歡和自己相處，也比較學會了和自己好好相處，乃至於和他人、世界相處。二〇〇九年二月二日誕生的有鹿文化，同事日漸成熟、互助友愛，我把總編輯的工作付託給林煜幃先生。有鹿文化如同是一處夥伴們和我的小小道場，作家是修行的菩薩，我們則開心做好護法的角色。

卻顧所來徑，尚鬢未星星也，也尚無白髮和秋芒，但我已深知是身不堅、是身如幻、是身如芭蕉；人間種種屬諸因緣，只有稍稍學會了擦拭心鏡的方法；如果我有什麼淺小之見，在擔任《聯合副刊》駐版作家期間，你來提問，我將真心回答、互相參詳。

二〇一八年四月九日《聯合副刊》

法雨之中一小樹

作品與心理健康孰輕孰重？

問：Dear悔之老師好：

細讀您五月二十日見刊聯副的〈九分凡夫一分僧〉，忽然想起三毛。想請問您，作家的作品與作家的心理健康孰輕孰重？是否有可能有些作家的心病好了，他也就寫不出好作品了？平安健康。（景新）

答：您這個問題，真是「大哉問」啊！

做為一個創作者，又因工作而認識許多創作者，有一些觀察，供您參考。因為人類發展出一種集體的生活，需要和諧前進；但人，也渴望保有自我的獨特性，這是永恆的拉鋸。

作家或藝術家等等身分的創作者，有一種公共意義，就是描繪了集體的生活狀態，也彰顯了個體自我的獨特尊貴。

這是一個多麼「不可能的任務」啊！既要敏感於這個世界，又要好好的和世界和諧共處……

所以作家或藝術家，是這個世界裡，一種走鋼索的人。

人類的集體也帶有排除「非我同類」的暴力，所以往往追求自我，是要付代價的……

您所謂的「心病」，其實也與佛法有關。它並不只是醫學定義的「精神疾病」吧。嫉妒、愛抱怨……，凡此種種，是不是「心病」呢？憂鬱症是不是「心病」呢？

在這個世界，沒有一個人的精神和心識是和另一人相同的，但人類又創造了各種「平均值」、「容忍度」的量表，以此檢核種種人事物——包括心智、心理。

您的問題最終可指涉於：人，能不能有品質和意義的活下去。

容許我這麼說，《維摩詰經》有云：「從癡有愛，則我病生」，「眾生病，故菩薩病」，只要心行在菩薩道上，病亦非病啊！聖嚴師父晚年身體虛弱、洗腎，別人問他會不會痛苦，他答曰「身體會痛，心不苦」，知幻能離，所以不苦，病亦非病；從佛教的觀點，在成佛之前，每一個眾生都是有「心病」的——種種「識」，顛倒、分別、妄想、執著。因為心不清淨、染汙……

然而「健康」的量表，是不斷變動的，所以我覺得「健康」的本質是：個體能不能有品質的活下去，以及，不會妨害別人的生活。

至於「心病」和「創作」的關係，我以為：每一種心靈狀態的創作者都有，但因為社會比較放大每一個人的「必然差異」，所以大家才有一個印象，好像憂鬱或躁動的人，比較愛創作，或創造出比較好的作品……

對我而言，這個印象和觀念並不盡然符實——因為真的有各式各樣的創作者。

創作者有一個特性：藉創作嘗試回答自己心中的叩問——對生命以及這個世界的困惑。每個創作者都有他的「天問」，這可能出於困惑與好奇，可能是源於敏感或不滿，有著種種源起的可能和不同組成，並非單一因素而已。

您問了「心病」二字，我彷彿參了您的話頭。

問：悔之老師好。

請問您除了文字上的強迫症，是否還有其他強迫症？（台中／吳怡君）

答：到同一家餐館，幾乎永遠點同樣的菜色，因為那是我累積先前經驗而認定的「完美組合」，幾近公式，非常無趣，所以我常常拜託一起吃飯的朋友點菜，增加食物的多樣性。

對了！還有洗澡的時候一定要先洗頭，而且是每天洗頭，沒洗頭一定渾身不安、不能入眠。

我還有許多非醫學定義上的「強迫症」啊……多到寫不完，那是人生各種儀式之必要。

編輯經驗裡的仁慈與殘忍

問：老師曾說「對自己仁慈，就是對他人殘忍」，在編輯的經驗上，發生過什麼樣的事情讓你有這種體悟？（台北／馬利）

答：編輯是一種行業、專業，要跟各式各樣的心靈接觸，而且要能理解，而且要面對各種人性，比方說，拖延交稿……

基於「安全考量」，我常常半開玩笑告訴年輕的編輯夥伴：「一個編輯對作家仁慈，就是對自己殘忍。」但我都會解釋給他們聽：穀倉存有糧，炊飯不憂愁……所以定題、催稿、集稿，需要決心、智慧和手腕啊。

做編輯這一行，當然遇過一些心酸事，被抱怨是最正常的了。但又跟哪個行業不同呢？應該都一樣，都有美麗和艱難。

很多年前，我接過一封文辭激越的長信，是一位身在文學史的前輩作家寫信來指責我的文學觀點。以前我打算老的時候，將此信連同很多作家的信札，都捐給國家文學館。

哈哈。但我現在已經老了，不會為此生氣了，所以應該會把那封長信銷燬……

這信裡頭，罵得凶狠啊！但現在之我知道，當年，他認真表達了對文學的看法，雖然對我而言，覺得他之所見太偏執了。

字與印，也有因緣

問：悔之老師您好，

參訪了您的手墨展，發現作品上的用印不盡相同，請問有沒有哪一方印章對您意義深刻呢？（桃園／小清）

答：首先謝謝您去看我的手墨展，寫字抄經，夏天為好朋友們寫扇子，過年前為朋友們寫春聯，偶爾寫字分送朋友做為祝福，已經很多年了。

但被老字號的畫廊「敦煌藝術中心」邀約去辦個展，則純粹是個意外。因緣流轉，很多事都不在預想之中，人生在世，互結善緣，努力結一個好緣；以前寫夏扇寫春聯的心如此，舉辦個展的心情也約略如是，但多了一份

「以藝為佛事」的信心和決心。

說起互結善緣，您又問及印章之事，令我思及許多。一個紙面、一個扇面、一片梧桐，上面有墨黑，少了印紅，就是覺得怪怪的。年輕時，自有的印章，沒那麼多，大抵是薛志揚、陳拙園所治，並收了「西泠印社」成員的一些章。近年則越收越多，已經好幾個大錦盒了。印，是一種心情，印石是印記，也是印心。

石材的美、鈕工的美、印面上的字句或肖形，除了是製印、治印之人的創造，也是擁有印章的人的「印心」之旅。

我自己不會刻印，所以去委刻或隨緣而收，除了印人之藝很重要之外，我也多著重在印面字句的需求和感覺。比方說，我愛寫李商隱的詩，看到「藍田日暖」這四個字的印，怎麼能不喜歡呢？我也常常寫一些跟佛教有關的字句，所以曾經請李默父刻了「法雨之中一小樹」、「以此筆墨法供養」。委請林子程刻「夢中佛事」、「心是舍衛大城」等多方自己覺得非常有感或會用上紙面的印。

有一天，腦中跑出「花睡了」三個字，遂央請古耀華治之，陸續也請他刻有一些別的印章。

「小臨池館」陳發文的印，我頗收了一些。

印章印記印心，所以不論委刻或隨緣而收，當然是自己欣賞的印人藝術家，當然是自己喜歡的印章。

每次要用印，實在要想很久啊。

印，使得畫心變得如此不同；雖有主賓之分，實乃另一種「互結善緣」！

請容許我用兩件作品為例。

一是《飛行自在》。此乃我向岩彩畫家陳珮怡訂製的手繪箋之一。欣賞這位年輕藝術家之藝，也想讓自己的藝術表達多呈現不同面向，所以我向她訂製了幾張手繪箋。

除了畫心中間她已蓋了自己的名章，右上角的章，用的是之前委請青年藝術家柏巧玲刻的「慧命無窮」，左下角的橢圓形名章，是我自備了石頭，請古耀華刻的。

二是，《我的枯山水》系列之「見石非石」。

這件作品中右上角的閑章「沐心」，是在「小臨池館」臉書上收的。下方的名章「悔之」，是我近期極為愛用的名章——既抽象且果敢，能破格又現代！對我而言，實在是一方打開錦盒時，忍不住想要用的名章，非常感謝李默父。

但也要紙面、畫心適合啊。字與印，也有因緣……

所以您說，我怎麼有辦法決定哪一方章是我的「最愛」呢？

日前，向陳珮怡訂製手繪箋，是因為去年李默父送了我兩張他自己的手繪箋，我在其中一張寫字並在上面用了他所刻的印，敬返為「秀才人情紙一張」；前一陣子忽然想到，怎麼不試著訂製手繪箋而嘗試創作的可能呢？

筆紙硯墨，花箋印章……，凡此種種，每一次的完成，就像互結善緣，緣緣更善，結一個「因藝而美更見心」的好緣。

如何看待人子與人父之間的債與償？

問：靈感枯竭的時候，你都怎麼辦？爸爸寫詩，含光也寫詩，你覺得你和含光兩人的詩最大的差異是？（台中／鮪魚）

答：一，靈感枯竭的時候，就讀書聽唱片喝茶看朋友或做別的事情去。

二，許含光的詩可以用在他自己作曲、編曲、彈唱的歌中，所以我應該算是略遜一籌。

問：許老師好，

請問您有考慮幫許含光寫歌詞嗎？（台中／陳奇樺）

答：目前，恐怕不論我如何「哀求」他、「行賄」他，他都不會答應吧。哈哈，同為創作者又是父子，彼此都很焦慮啊。

問：有人說兒女是債，想請問老師如何看待人子與人父之間的債與償？（新北／飛飛）

答：我要用聖嚴師父的觀點回答您，他說，人的一生，受報、還願、發願。聖嚴師父又說，不要當作欠債、還債，那麼，債就還不完了。要當做「過去生」中，對他有願，今生是來還願的。

我將此心法用之，不只是父子關係，還包括人我關係；我就是因為依聖嚴師父這段話之教示而行，在人間的歡喜自在，多了很多。雖然常常還是做不全、做不到，但已極為受用了。

問：曾聽說，長得好看的人對社會是有貢獻的，請問老師怎麼「維持」自己的「貢獻」？保養品嗎？還是基因？（桃園／涵）

答：我真的有「貢獻」嗎？

但我又不能否認您，這樣會對不起生我育我的父母雙親。

「不三不四，三三八八」，不要太在意別人預期、檢查、規訓的眼光，這是我個人認為抵抗衰老的最好方法。

問：如果可以刺青，你想刺什麼圖案？又，為什麼不去刺呢？（台北／阿紐）

答：公元兩千年的時候，我曾在紐約住了一個月，住處附近有一家刺青店，每天坐地鐵出去晃的時候看到，都想去刺青。

刺什麼好呢？就是想刺青而已。

我的英文不夠好，怕表達不夠，被刺得亂七八糟，當不了水滸傳裡的「九紋龍」而被刺成了「蠟筆小新」啊……哈哈，其實是社會規訓下，某部分「中產階級意識」作祟，所以我膽小退卻了。

每次見到「鴉埠咖啡」的Emily，我都請她讓我看她臂上那瑰麗烏鴉刺青，又羨慕又悵惘……我已經太老了，老到可以忘卻年輕時想刺青的衝動了。

穩定情緒的心法？

問：想請教許先生，現在是否是以抄經為修定的方法；另轉換心境、感受、情緒等的方法不知為何？願能恭聞其詳。（林文亮）

問：悔之老師好，

受您的影響，近來也開始習字，但不如意時會失控亂畫，好奇您面對不如意又無法抄經時，有什麼其他穩定情緒的心法？（台北／沈逸信）

答：以上二訊，一併敬覆如下：靜靜坐著，好好檢查調整自己的呼吸使之慢、深、勻、長，然後，念六字大明咒或「南無觀世音菩薩」，依定於此，念出聲音來更好，要不然，深心默念也可以。或者：運動，自己手沖咖啡，聽古琴CD，煮一頓簡單而乾淨的晚餐……

抄經是我的日常，理解佛法是「苦，空，無常」的緣起法。使自己「忍力、思惟力」，二力具足，很是重要。只要能使自己專注、繫心於一處，因而忘我、無我，而能降伏狂心的方法，都是好方法。

問：老師近期的作品融入許多佛學，您如何定義自己的作品與佛學之間的關聯性？（台北／阿楚）

答：我佛慈悲，佛法在世間，如花香於空中之不絕。花香可嗅聞，心香本來在，本性光明，確是真的。所以我就寫了一些與佛法有關的聞思行，其實非常粗淺，但有真心一片。

問：悔之老師好，您曾在文章中寫到，開始抄經以後人生開始變得明亮了一點點，佛學是否真的能撫平許多人生的困頓與不安？是否到最後會發現，原因在於生性敏感的人總是太容易為難自己？（新北／小綠）

答：是的！唯然！於我而言，佛法的利益不可稱量、功德不可思議。但不只是「佛學」，佛學是「知識」而已。知識很重要，實踐更重要啊！「佛法如大海，非信不能入！」信，願，行——行，才有用，就會看到對自己和人間的效用、大用。

是的，學佛目的之一，就是不「為難」自己和別人。佛言：「人有二十難。貧窮布施難，豪貴學道難，棄命必死難。得覩佛經難，生值佛世難。忍色忍欲難，見好不求難，被辱不瞋難，有勢不臨難，觸事無心難。廣學博究難。除滅我慢難，不輕未學難，心行平等難，不說是非難，會善知識難。見性學道難，隨化度人難，覩境不動難，善解方便難。」這麼多「難」呢！何苦為難自己和別人呢。

佛法很棒！Just do it!

深深祝福您，以及看到我們這段對話的人。

二〇一八年六月十七日《聯合副刊》

（聯副二〇一八年五—六月駐版作家　許悔之答客問）

輯三

文字因緣

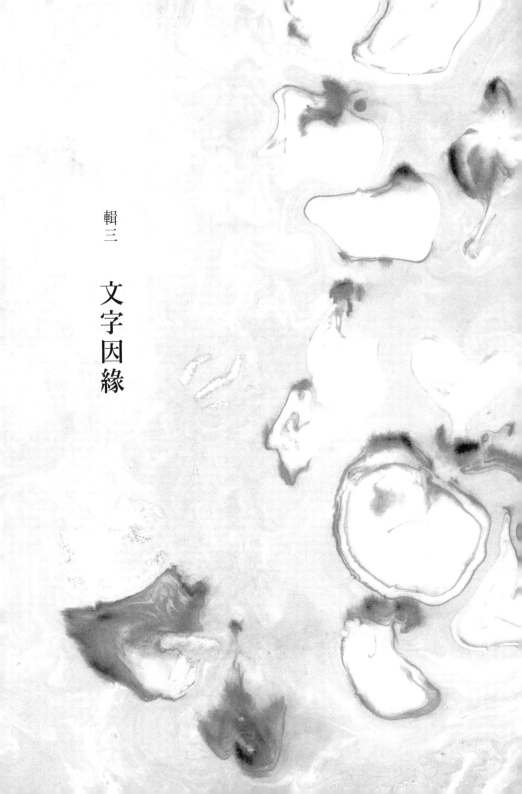

幻化之中，美所度脱

很多年前決定去吳哥窟，可能是魅惑於王家衛電影《花樣年華》的結尾：梁朝偉對著吳哥的一個石洞，講他不與別人說的心事，並且永遠封存；也可能因為我的朋友黎煥雄去了吳哥之後，送我一冊非常動人的吳哥攝影集；又或許，我渴望逃避到一個充滿廢墟氣息的地方，想把自己死的心棄擲在我想像中一片廢墟如象塚般的吳哥——是啊，那時我覺得自己像一隻待死的象，思惟遲疑，步履維艱。

在那之前，是我生命中一個非常非常難熬的心靈的冬季，我無法忍受緣起緣滅、以為一切俱滅而空吧。

去吳哥之前，我到一家理容院，坐上座位，說我想要剃光頭。年輕的髮型設計師用悲憫的眼神看著我，彷彿以一種很古老、老自洪荒即存的溫柔，洞悉我。她不肯為我剃光頭，但她謹慎有禮的向我說明，我的頭型剃光頭並不適宜云云。帶著一種自棄的執拗，我繼續堅持，最後，這位我並不相識的年輕女子，用一種感同身受的音調向我說：「你有什麼傷心的事嗎？」「你有什麼傷心的事嗎？」這句話讓我對一位陌生人掉下眼淚。最後，這位年輕的女子幫我剪了一個三分頭。

退伍之後，從沒留過如此短髮的我，以一種決絕而自棄的心，去了吳哥。大小吳哥城、城東、城北……，一個又一個所在，我慢慢的逛、去看，憑藉著手頭少數的資訊，我在吳哥窟感受一種廢墟中奇譎的生命力。

虯結的樹，從石縫中鑽竄而出；陽光照著一張又一張石雕的臉，微笑的臉。

通常是因為國王自戀而有的雕像，但又隱隱的彷彿完全自在而露出微笑想要去安慰眾生的佛的臉啊。

是癡迷眾生之一的國王？還是覺悟的佛？

印度教、佛教交迭競奪、拼貼而成的一個又一個遺址。

那些教人目眩神迷、忍不住讚歎的遺址。

不是已然成了廢墟嗎？為什麼又給了我那麼不凡的鼓舞？

生住異滅，成住壞空。

有一天，行走在大吳哥城的城上通道，我坐在廢墟之上讀Dylan Thomas的詩，陽光明亮無比，倏忽又隱而不見，只剩下微光。微光冉冉，瞬間又日照熾然。如是往復，彷彿剎那日光，剎那月光，波動的心都在光中，日光與月光遍照。

我坐在廢墟的高處，極目所及，彷彿泰國的大軍來襲，和柬埔寨的士兵血戰，刀槍箭矢如雨，藤甲盾牌蔽日，象群轟轟然欲裂地踏踐而來，血流成河，屍積成山。爭戰過後，大瘟疫到來。

是因為瘟疫嗎？一座設計既宏偉又精細的大城，就這樣被遺棄、被遺忘了。

吳哥廢墟，因為是石城，火不能燒，敵人也只能撤離，任憑時間緩慢地讓一座空城，慢慢的掩埋在大海般的樹林裡，為人所遺忘。

這是我的幻覺嗎？

抑或有一世，我正是吳哥城裡雕佛的匠人？被徵召入了行伍，也參與過一次血戰？也殺過人？還是被人殺過？

佛說原來怨是親。

在死亡之前，在時間之前，吳哥的諸多廢墟宛若在講說諸法因緣生、諸法因緣滅；又彷彿，在不可知的因緣流轉裡，往昔因緣難數清亦難思議，所以怨、親，也就平等了。

我留著極短的三分頭，去了吳哥，發現心未死透，回到台灣。不多久，蔣勳老師的《吳哥之美》出版了。

在一個夜晚，我捧讀《吳哥之美》，看著一處又一處我到過的所在，讀著蔣老師既通透又多情的講說，喟歎有之！

在那個夜晚，我以為《吳哥之美》是為孤獨破敗如我而寫，是為了總結我的廢墟之旅而寫的。在那被時間掩埋而重新被發現的處所，蔣老師用美的角度，轉圜並度化了吳哥作為因緣和合、幻化之有中所示現的苦難、變易與不堪。所有的苦難、變易與不堪，在一種接近空性的體會之中，可以喟歎，但也可以任由悲喜自生吧。

悲喜都會過去，真心打鑿雕刻諸佛的工匠的真心，忽然現前。

我彷彿了解，自己所執著的人間情誼的關係之斷裂，似乎沒那麼痛了，宛若吳哥，宛若紅樓一夢，劫波過後、幻化之中，虯結的大樹，還是從石縫中生長出來，在死絕中復有生機。

《吳哥之美》遂變成了聽我說不可為他人道之心事的吳哥石洞。

這麼多年來，若有人問我，最喜歡蔣老師哪一本書，我都毫無遲疑地說：《吳哥之美》。

觀諸法空，無所障礙。吳哥，正是說法者。

法，是宇宙萬有，一個念頭、一座廢城亦復如是。

蔣老師是生生世世之慧而得如此觀看之眼吧。

知道在廢墟之中，有過生，有過死，有過繁華，有過人去城空。

可是空中，並非什麼都沒留下來，也非什麼都沒有。

空中萬有。那些認真被創造出來的石城、石雕，那些認真凝視的眼神，交感互通而成為美吧。

美，救贖了早已成為廢墟的吳哥。

蔣老師那麼溫柔而包容的言說，讓當年讀《吳哥之美》的我，以為這本書是對我一人而說。

過往盡成廢墟，未來不可知悉，唯有當下教我們萬般珍惜。

惜取而今現在，珍重萬千；然而，就是當下也不能執取。

那個抄經度日的冬天，那個想要剃光頭的時節過後，《吳哥之美》和吳哥遂一起成為我被救贖、度化的印記吧。

破曉微光照在石城、石雕，石雕上微笑的臉。

今新編《吳哥之美》增添了文字和圖片，將以新貌面世，我彷彿看見那個年輕時的自己。

我站在時間之河的下游向他說：

去吳哥吧！晚一些，你會讀到《吳哥之美》這本書，你會知道，幻化之中，因真心而成就的美之所度脫；你會明白，劫難之中，你的心可以很柔軟，柔軟的心啊，終將近乎於空，那時，就沒什麼可以損汙傷害滅滅你了；那時，陽光就照亮巴揚寺石雕那微笑的臉了。

蔣勳《吳哥之美》推薦序

譬如愛染

淚水並不能全然洗去憂傷，但是淚光卻可以鑑照我們的心房。

這本《當愛比遺忘還長》在良露姊捨報周年的時候出版，說是一年，其實是全斌兄花費了整生的愛和一年的淚水寫就。

二〇一五年三月，良露姊捨報之後，全斌兄有了撰寫一本書的構想，用來描述他們相處的三十年，以及他對良露姊無盡的思念；做為一個出版人，聽到這樣至情至性的出版機會，本來應該積極非常的，但一反常態，我很少去催全斌兄，甚至有一段時間他停頓書寫了，我也沒有開口去催，心中覺得，這麼巨大的哀痛和失落，全斌兄應該要花很久的時間才能療癒一些吧，成書與否，就隨因緣。

原本約定在二〇一五年的年底完稿，但我好幾次跟全斌兄說，沒寫出來也沒關係，你生活得好好的，更重要。

但我沒有想到，在這近一年之中，全斌兄以他無比的毅力，完成了這近十萬字的書寫；深知身在情長在，良露姊的肉身不在了，全斌兄載記的文字裡，他們三十年的相處、三十年之恩愛，歷歷在目，力透紙背。

這些看似有些瑣碎的書寫，很多是生活的日常，原本不應如此驚心動魄地擾動我心，但這段時間，我每看全斌兄完成的一篇，不是垂淚，就是無語凝噎，一個人可以這麼愛另外一個人嗎？

他們彼此的暱稱，他們巴黎的最後行旅，良露姊返台就醫到臨終的經歷，乃至於對倫敦、京都的追憶，夢的筆記，臉書的抒發，像是他們生命的長軸上，蓋上了鮮紅的印記，鮮紅的心，彷彿還可以聽到共振的心跳。

做為台北文壇人人稱羨的神仙眷侶，良露姊先走了，我們一群朋友很是擔心全斌兄，他就像是良露姊的唐僧或桑丘，如今孫悟空駕著觔斗雲遠去、唐・吉軻德不見。唐僧兼桑丘，如此奮力地追憶，這麼哀傷的書寫，可以稍稍療癒他的心嗎？我不知道，我難以回答自己。

或許良露姊捨報前後的過程中，我有了一些參與，看到這些文字時，常常有一種莫名的悲哀，不知從何而來，但又彷彿，多了解了些愛和失去、生與死的課題如何艱難，我向全斌兄說，這是你的療癒之書，也是你的布施，世間有情，當他們有機緣看到你的書寫，當知愛可以如山之堅、如海之深，他們也會理解，在一切消失之前，雖然聶魯達說：「愛情太短／而遺忘太長」，但是你的書寫會證明，愛比遺忘還要長。

當愛比遺忘還長，當愛比遺忘還長，愛的光亮照亮了遺忘的暗影，全斌兄心中對良露姊的愛，歷歷分明，在瑣屑的回憶中，這是他的追憶似水年華，這是他告訴了我們，什麼叫做有情。一九九八年，父親捨報之後，我有一整年都沒有哭過，直到有一天，一位長輩送了一瓶威士忌給我，建議我喝酒醉一回痛快地哭一次，收到酒的那一夜，我獨飲至凌晨，摧心肝地痛哭一回，哭到聲嘶力竭，好像所有的不甘和不捨，都隨嚎哭和淚水而去了。

前兩年的中秋節前後，和朋友在一家麵店吃麵，朋友點了青菜豆腐蛋花湯，我突然憶及癌末的父親最後一段待在家的時日，我煮過青菜豆腐蛋花湯和瘦肉片給他吃，那一天剛化療過的他胃口極好，把一整碗公都吃光了，我突然在我父親前哭出聲音來。在麵店想到這件事，好像從記憶的亂石堆中跳出猛獸，突然咬嚙我的心，我完全無法抑制地在麵店裡痛哭出聲。好傷心啊！好傷心啊！為什麼心愛的人會死，為什麼？

我以為有一些哀慟，我已經消除了或者已經壓縮歸檔了，但是記憶以生猛的亂碼擾亂了我心的程式。

我所有受過的佛法訓練，在那一刻完全失效。

全斌兄在這本書裡，沒有微言大義，也沒有超拔的知見，他就是一個深情癡情的男子，像元好問的曲：

問世間，情為何物？直教生死相許。天南地北雙飛客，老翅幾回寒暑？歡樂趣，離別苦，就中更有癡兒女。君應有語，渺萬里層雲，千山暮雪，隻影為誰去？

千山暮雪，隻影為誰去？隻影向誰去？

這麼深刻的情執，雖然也是執著，也是佛法所教導的痛苦的根源之一，我卻講不出「不要捨不得」諸如此類的話來勸解全斌兄，也彷彿在這些書寫中，看到釋放的能量，看出更輕盈的光照。

這本書是一只淚瓶，裝滿了朱全斌這名男子的淚，也讓我不禁想起《紅樓夢》的開頭，用眼淚來還情債，也還得清了。「汝愛我心，我憐汝色，以是因緣，經百千劫，常在纏縛；汝欠我債，我還汝命，以是因緣，經百千劫，常在生死。」《楞嚴經》中，佛說如此，知肉身艱難。

深知身在情長在，情執之中，全斌兄的《當愛比遺忘還長》讓我們感覺到人間有情而不致冰雪風寒吧，愛是妄念，我知道，我知道。但菩薩是「覺有情」——覺悟的有情，也使其他的有情覺悟！這本艱難痛苦的書，是全斌兄的菩薩行吧。

愛染明王終究也會現覺悟相，譬如愛染，雖然這本書離覺悟還那麼遠，但是那麼靠近我們的心房。

朱全斌《當愛比遺忘還長》推薦序

樹與人，是一不二

我與浩一兄，認識得早，卻算是不熟，以前見到他，最深談的一次，是台南一中何興中兄在「阿霞飯店」請蔣勳老師吃飯，我是陪客之一。那次晚宴，席間浩一提及他在台南四處探訪老樹的行止，那晚，他提起台南地方法院院長宿舍中一棵很老很老的麵包樹。

好幾年前的那次晚餐，因為，興中兄所訂的各色「手路菜」太豐富了，加上席間歡談各種話題，我沒辦法太認真聽下去。

但心中想起一部佛經，《大樹緊那羅王所問經》，樹神做「當機眾」向佛陀問法，壯闊玄妙的一部經典。

那天晚上，浩一說得津津入味，彷彿那樹是他久別再逢的家人。

我算是愛樹之人。大安森林公園的阿勃勒與流蘇何時開花，我總關心；台大校園裡的流蘇怒放勝雪時，我也會佇足良久，渾然忘了衣衫單薄而夜深風冷；更多時候，登山或走路，看到樹，總是歡喜！常常要停步讚歎。

總是覺得：樹，非常的美；老樹，非常慈悲。

做為一位聲名有著而暢銷的作家，許多出版社都向浩一討書，而這本書，竟是浩一主動找我出版的，原因為何，至今我還沒想清楚；然而這序，是我主動向浩一索討的篇幅，心中清楚，應該為此書之因緣種種補注。

這不是一本「常軌」的書。

書中有詩、散文、攝影，三者交織。浩一都是為這些台南老樹先寫了詩，再補上散文，最後再整理照片；詩，或者說一種詩興的萌發、詩意的求索之激切，迥異於他以往寫作的路數。

詩意與文意是不同的。詩，是情感的舞踏；散文通常著重於清晰的溝通。

在我們約定的撰稿期間，我常常在電子郵件中發現驚喜：浩一，又寫出一棵樹了！而且株株姿態不相同。

用詩，用散文，浩一帶領我看到不一樣的境域。

他的詩，縱橫恣肆於世界時空，適足以表達說不能盡的大樹之美與無窮的啟示；壯闊與婉約兼顧，最好的幾首，教我想起東坡詞的大江東去。

他的散文，從詩興出發，指涉了台南史、台灣史乃至世界史；更動人的是，他鋪展了人在歷史中的「私歷史」：那些發光並可以照亮別人的心靈之敏銳與覺知，他自己的和別人的心靈合而為一的「私歷史」。

當看到這些老樹的照片，我不覺而驚呼：啊！

樹的美麗、樹的殷重、樹的包容、樹的慈悲，俱在其中。

我彷彿知道，浩一為什麼多年來要踏查尋訪這些老樹，並為之作傳；因為這些老樹在對他說話！

這些老樹，在時間的霜露之中，早已化為樹神，神而明之，透過蟲棲、鳥鳴、風吹、雨打、日曬、月照，和每一個經過、看到他們的人，拈花微笑，會心於彼此「是一不二」。

老樹的枝葉如蓋，可以遮蔭，對每一個佇足樹下而他不識得的人遮蓋庇護，如同「無緣大慈」；老樹活得無比自在而慎重，提醒我們生命本應如此，這不也正是「同體大悲」嗎？

這一棵棵老樹，為我們演說了生命的故事啊。

這些已經活得比我們久很多很多的老樹，像智慧慈悲的長者，伸出了手臂，撫摩我們的頭，並對我們深深的祝福。

至目前，僅此一次，浩一為我導覽，是去台南「三老爺宮」：紀念鄭氏三代人的宮廟。

車將開到而未到，浩一說：「這裡以前是河道，鄭成功的船隊就在這馬路，原來是河道之上，駛入。」

那瞬間，我全身的毛孔俱凝！彷彿天地之間有一啟諭被揭露而欲分曉。

在「三老爺宮」，浩一說：「鄭成功當晚就駐營在這裡。」

遙遠的台灣史，倏忽就在面前。

我彷彿看見堅毅但因航行而不免疲憊的鄭成功，劍在鞘中，以鞘拄地，望著梅花鹿奔跑；周圍的兵士忙碌著，又忍不住四處探望：這陌生之地啊，這美麗之地啊。

《當老樹在說話：那一年，他們在台南種下的樹》，當然是一本書。

但又不全然是一本書而已，它是如柳敬亭的說書人王浩一透過台南老樹，在說生命的故事！充滿了光線、充滿了人影、充滿了音聲。

是老樹在說話，等待我們去拜訪他們。

他們所說的「無聲之聲」，是心最微妙奧祕的美麗。

浩一像禪師，以指指樹，讓我們因指見樹；因為老樹如此安忍安住於時空之中，像是要淨其意而入虛空啊！這本書是台灣歷史上難有的「指樹錄」，

我相信這書本身，正如同一棵老樹，在很久很久以後，都還會被看見，被

記住。

王浩一《當老樹在說話：那一年，他們在台南種下的樹》推薦序

唯心能斷金剛

一早起床，看到臉書的私人訊息，陳念萱告訴我，一位我們共同認識的朋友的父親急診入院了。

陳念萱於訊息中說她晨起後，一直頌《金剛經》回向給朋友的父親；我彷彿被她提醒，心中更生起了祝福的心。

「自己當為朋友父親頌普門品，願他得到觀世音菩薩的普門利益！」我心中如是想。

我和陳念萱又熟又不熟。陳念萱的家，就在有鹿文化的斜對面；成為朋友以前，知道她修習藏傳佛教金剛乘，寫過《不丹閉關人》等等特別的書，也就約略如此。

基於我個人的慣性與執見，我對她是有一絲戒備之心的；她說話往往直抒胸臆、心口一致、並不遮攔，所以有某種尖銳性，並非以往之我所喜。但她對經典、佛法的知見以及她和多位尊貴的金剛乘法王的因緣，又吸引了我，所以我可以說剛開始時是，如履薄冰，與之結交。

有一回，茹素的她在家中做素菜宴席，邀我也參加，因為他們家不吹冷氣、不用電扇，那頓素席，揮汗如雨！我在酷熱之中，只好將所有注意力集中在食物上。她的菜隨興隨點隨撥，快意極了！但每道菜都有慧心巧思，其中一樣，磨了茶粉，清香高遠。那時，我忍不住讚歎：這樣的清淨食，最宜供養諸佛和出家人！

那頓飯，也就像因緣的修行，因為酷熱難耐，所以心和官能都集中合一，因為專注於體會食物，所以滋味特別增長，更多了心的體會。

後來，我向陳念萱邀一本書。

她的上師之一圓寂了，她飛到不丹去參加上師的荼毗，我從她的臉書上看到許多很動人的照片，她卻沒寫什麼文字。我遂向她邀約一本談死亡的書，包括她上師這期生命於人間的啟發。

沒想到，她在《人間福報》寫以談《金剛經》為主的名為「隨說經」專欄，短短時間如泉湧，她寫到有一小段時間需要更常去整脊，邊整邊寫，寫寫整整。

向她邀約一本談生死的書，她還沒寫；談《金剛經》的書竟先完成了，這也是因緣。陳念萱從《金剛經》出發，把佛法說得如此有趣有味，讓人讀之，忍不住要說：《金剛經》真是個大寶庫啊！

又因她是在家居士，所以沒有什麼必須配合大家「期望」而須有的「言辭禁忌」，是以這本她談《金剛經》所得的書，正是名副其實的《金剛經》尋寶地圖啊。

「於是中無實無虛，是故如來說一切法皆是佛法，須菩提！所言一切法者，即非一切法。」在《金剛經》中，佛說如此。

心能到達的自由，遠遠超乎我們自己的想像；陳念萱這本書，最後定名為《金剛經尋寶》；尋什麼寶？尋《金剛經》中的寶，尋自己心中的寶。金剛能斷一切，唯心能斷金剛。

寶在哪裡？你讀了，就知道。

而且，她從《金剛經》挖出來的寶，也不過是恆河沙中如是沙數恆河中的一沙，一沙而已。

是以，我想起自己十三歲時，初次讀到《金剛經》時的震動，彷彿那是，一切世間天人阿修羅聞佛說《金剛經》時的讚歎啊。

陳念萱《金剛經尋寶》編後記

帶著金剛經的旅行

泰北清邁山區，水氣飽滿略涼，從夢中醒來，披衣走入夜色中，抽菸。

若有想，非有想，我心中浮現了一些句子：

壁虎在唱歌
披衣而起
沾了衣，鞋底也露濕
無意而得的夢，三兩個
有心照亮人間的

星星有七八顆

夜空中，壁虎真的在唱歌；空中疏星隱約，我覺得是有心要照亮人間；天地有諸般聲響、各種生命正在運行。我是誰？我像一個與諸世間若有關連又不相干的人，夜觀星空，覺得無比虛空並且孤獨。瞬即明白，自己早已無法棄聖絕智，用純然的本心去應對種種境、種種色。

就像白日裡，右遶無夢寺的大塔而行，大聲的念著六字大明咒；一圈，兩圈，三圈，走到心靜了，就忘聞了寺裡的鳥叫雞鳴、人語風聲；我以為，自己的腳步在哪裡，心就在哪裡。

直到赤足之我，踩到了一大片乾枯的落葉，瞬間，枯葉所有裂解的過程，清清楚楚，明明白白；我想起在法鼓山禪三時的經驗，有幾個片刻，感受到身與心合一時那難以言說的輕安。

枯葉裂解的聲音，次第分明，宛若地裂天崩。

我會聽到，因為那個時刻，我放棄、放掉了「我以為」。

我是跟隨蔣勳老師的文章而來清邁「無夢寺」。

近兩年，在「聯合副刊」讀了蔣勳老師好幾篇文章，內容或與古老佛寺、或與《金剛經》相關。其中一篇，是寫泰國清邁的無夢寺，讀報的那天，我就許下一願，定當去無夢寺一趟，為我自己心中的一願遶塔。另外一篇，蔣老師寫日本京都永觀堂，當日看到報紙上的文章，我就哭了。

不是垂淚，是發出聲音的哭泣。

這兩篇文章那麼震動我的原因之一，是文章中炯炯而現前的，柔軟心。

長年做為一個編輯，如今做為出版人，我認識蔣老師很早，那是二十多年前的事。遠在識得他之前，他寫的書，我也熟之。這二十多年來，因著編輯的工作，總有一些因緣與蔣老師見面；讚歎他書寫中的博知、貫通與文采之外，我總還有一些感覺想不清楚、說不出來。

二〇〇三年的深冬到二〇〇四年初春，是我第一次比較完整的感知。

那是我此生最困頓的一段時日，我正經歷一次身心大死的可能。整個冬日，我抄經過日，幾乎吃不下任何東西。

初春時分，蔣老師沒有事先告知，突然來到我彼時工作的辦公室。他走進我的辦公室，沒有說話，給了我一個深深的擁抱，然後留下一紙畫仙板，上面寫著楞嚴經句。

「佛說如此知肉身艱難，悔之珍重」，他在其上題記。

十年來，這畫仙板都掛在家中最明顯的地方，我有時一日見之數十回，或百回呢，不知道；有時就只是過眼了，知道，人間有著祝福。

我到無夢寺，心中有著一願。

所以就來了。

也沒多去哪裡，就是睡醒了，去看蔣老師文章裡提到的那些在時間中殘損而依然微笑的佛像，去遶塔。

蔣老師當時去無夢寺，曾用手機傳來若干無夢寺的照片，包括那些佛像，當時我非常震動。甚至想到，這些怡然自在而微笑的佛像，多麼像佛之化身在說法啊！

夜裡的聲響是一種微妙的震動，壁虎在唱歌。我想著夜前，一隻麒麟尾的流浪母貓，帶著兩隻小貓，在我跟前，在我身旁。我沒有食物可以給他們，所以就為他們念六字大明咒。母貓安安靜靜的蹲坐，良久，眼睛定定的看著我。不知道是她溫柔，還是我的心溫柔，我就完全無法自制的，想哭。

但這一次，我並沒有哭出來。我知道這次的無夢寺之旅，是我的功課：要學習悲心，但不悲哀；要心中有情，但不牽掛。

那母貓安靜自在的眼神，彷彿看穿了我的脆弱，而在安慰我吧。

我的心，如果此生真的學會了一點點柔軟，想必，定是蔣老師教會我的。就像夜裡和三隻貓的緣會，應該是生生世世的因緣而有之吧。

溷跡台北多年，塵世不免恩怨，你不怨人，抑或有人怨之。以前每次念經、遶塔，普皆回向時，我總沒辦法為三個人祝福；這一次，我終於可以放下罣礙，為這三個其實因為我自罣礙而罣礙我的人，回向祝福了。

這是因為追隨蔣老師而來無夢寺，我學會的另一功課吧。

二〇一〇年十二月十八日，蔣老師急性心肌梗塞，急救順利，之後他的復健中，我有西藏之行，行前我簡訊跟他說，自己要去西藏了。蔣老師用簡訊回答我；請代我在大昭寺前合十。

在西藏拉薩的大昭寺前，我為蔣老師合十祈願，願諸佛菩薩慈眼慈力，蔣老師身體康健；然後，我為母親求，為家人好友求，為工作夥伴求，為生活中的因緣者求，我一一念出名字，為他們向佛菩薩求。但怎麼念得完呢？又怎麼會沒有遺漏呢？我充滿了惶恐，深怕漏了名字，我急得欲死，我一直喃喃的念，彷彿念到了有一劫、一劫餘那麼的久！念到心中浮現一句：

「願眾生離苦得樂。」

蔣老師交代我的，是代他合掌，禮敬諸佛菩薩。他並沒有要我為他祈求諸佛菩薩，是我自己想為他求。

那是我生命中，第一次比較深刻的感受：清淨，平等，廣大！

「若是為人，即是為己。如來說，眾生非眾生，是名眾生！」

「如來說微塵非微塵，是名微塵；如來說世界非世界，是名世界。」《金剛經》中，佛說如此。

《金剛經》中，佛陀說：善男子，善女人！

想必有一世，佛也對蔣老師說：「善男子！」我跟隨著他的一篇文章，來到無夢寺，看見一座五、六百年的南傳佛教的古老寺院，參天大樹下，有一園子，園中放有許多被棄置的佛像，僧人收來，放在這裡，任憑風吹日曬雨淋，有些長滿了青苔。佛像的手，依舊安然；佛的嘴角，不改微笑。園裡蝴蝶蜻蜓飛來飛去，公雞昂首踱步，母雞攜雛覓食，偶有鳥雀停在佛像上，又飛走。

在這美麗之中，蚊子非常的多，像是在提醒我：不起分別。

煩惱泥中，乃有眾生起佛法耳。

我待得越久，蚊子就叮咬越多；初是心煩，專心看微笑的佛，久一些，就自然而然忘了癢腫。

我沒有帶蔣老師的文章來清邁，也未帶著《金剛經》到園中，然而，這一切都在我心中。金剛（鑽石）能斷一切，唯心能斷金剛。

在踩碎枯葉的遶塔經行後，我坐在塔邊；寺裡有兩位年輕的比丘來遶塔，一位當地女子跪於塔前，衷心祈願後，也慢慢遶塔。每次他們繞行過我，我都覺得久遠劫前，曾經相識，經歷時間久遠，然後忘了；他們的步履輕安無比，難以言說，讓我想到《金剛經》的開頭。

佛陀餓了，他著衣，持鉢，帶著僧團走入舍衛城中，平等、無差別的一家一戶乞食。

看著遶塔的僧人、遶塔的女子，我彷彿打開了一部《金剛經》。塔旁，日照熾然，但仍有風吹，風吹著原上之草，多像我那不知如何降伏的心啊。

我起步，決定再走回到園中，再多看那些佛像，向每一尊佛像合掌。

我忽然覺得此生，其實我並不認識蔣老師；我只是一名讀者、一名眾生，憑著一篇文章，來到了無夢寺。

蔣勳《捨得，捨不得：帶著金剛經旅行》編後記

多麼動人的借假修真！

做為一名自覺與佛菩薩親近的人，我當然是不合格的佛弟子，長年以來，卻又深刻知道佛法的利益，包括自己和旁邊的人。從小我是一個心緒躁動、不安、擺盪的人，有很長的時間，都靠著讀經、抄經、思惟佛法，而改變了自己一點點，但憑這一點點改變，我居然開始慢慢變得心有柔軟，自在了許多，甚至也成為對別人更好一些些的人。

佛法讓我知道因緣、因果、無常、幻化，我開始可以體會一點點無我，也常藉著跟佛教有關的修習和編輯，沾染了一絲絲般若氣味。我這半生對佛法的學習，很大的一部分是善因緣而得以為一些修行大士編輯、出版相關的書籍，譬如佛光山星雲大師、慈濟證嚴上人、法鼓山方丈和尚果東法師……，以及為幾位藏傳佛教重要傳承裡的仁波切編輯出版相關著作；十幾年來，從事這些書籍的編輯出版工作，我都歡喜踴躍，面對書中的每一個字如此目不暫捨——這是我這半生，除了讀經、抄經之外，更重要的佛法學習了。

五年前，在臉書上認識了悟觀法師，一開始我完全不知道他是華梵大學的董事長，祇是覺得這位法師的文字和攝影都非常雋永深刻，常常忍不住按讚，甚至偶爾會在po文底下留言讚歎。悟觀法師的文字和攝影，常常使我另開隻眼，彷彿看過他的文字和攝影之後，回看人間，就更體會了「一切法從因緣生而無所生」……看他的臉書又常常記述憶念曉雲法師。

我並沒有緣分得識曉雲法師，但二十幾年來，因為常常聽蔣勳老師提起曉雲法師，如何在蔣老師就讀藝術研究所時給了他深刻的心法和言教身教，包括蔣老師取得學位時，曉雲法師以花入宴，辦了花宴的素席來宴請參與口試的教授們。

二十幾年來，我聽蔣勳老師在不同的場合說起曉雲法師的次數已經不可數計，所以當我知道悟觀法師是曉雲法師的法子之時，竟有說不出的親近之感！之前不知道為什麼，有一段時間，悟觀法師暫停了臉書，直到二〇一七年秋天，我又在臉書上看到悟觀法師的po文與照片，我看了幾天，決定給法師寫一則臉書私訊，向法師邀一本書，編成了這本《般若與美：一位法師的學佛札記》。

我閉關了好幾天，慢慢地爬梳法師幾年來在臉書po文的次第與心念，而編輯了初稿，之後再請法師過目。般若為諸佛之母，而我也感覺到，美，是悟觀法師於人間描繪的度脫之路；這正是為什麼我這幾年來每次看他的po文和攝影，都會深深地感動，啊！美是這個世間多麼動人的「借假修真」啊！

做為一名編輯人、出版者，這是一本我所編過的很難描述的書，短篇有如泰戈爾的散文詩，長篇則如心法之深論，需要耐心地細讀慢讀，然而卻又如此的意味無窮、如指指月；我心裡不免生起這樣的念頭：悟觀法師之憶念師恩

（開良法師與曉雲法師），對我而言就是他的憶佛深恩。

謝謝悟觀法師答應出版這本書，謝謝華梵大學諸仁者給予的協助，謝謝王宛茹小姐在編輯前段過程裡給予我的討論，謝謝有鹿文化顧問謝恩仁先生在成書的後段過程參與審校，謝謝有鹿文化的于婷與佳璘編輯設計了這本書。

無量劫中，編成了這本書，合掌感恩。

釋悟觀《般若與美》編後記

日常飲食是禪修

二〇一四年春杪，法鼓山人基會張麗君主任、卓俐君女士，依祕書長李伸一先生之付囑，帶了一些新朋友，包括鄭玫玲、許薰瑩、林妘潔諸位女士來到有鹿，談論一項寫作出版計畫，此項計畫乃義美食品贊助人基會相關活動之一環。

這項寫作計畫，有鹿欣然協力；因為不論是法鼓山或義美食品，都為社會所信任。

近幾年的各項食安風暴之中，其實浮現的是社會的「信任」危機，當ＧＭＰ等各項標章形同虛設，不堪聞問的假貨、劣貨橫行，其實是嚴重的國家安全問題。

所以，這個計畫，定調為聖嚴師父教法「心六倫」的延伸，延伸到「食物」與「食觀」的書寫與採訪；其中過程，人基會諸位女士齊心協力，發想而且構思，包括書名以及書的體勢。

爾後，人基會邀約了作家鄧美玲女士來主筆，鄧女士過往親炙於聖嚴師父，她筆下有神，就自己的知見撰寫，人基會諸女士與她多有討論，並協助安排多項訪問，是以此書，實是鄧女士的一本散文書寫，而融合了聖嚴師父教法、人基會諸位參與者的心力關懷。

書之完成，真心、樸實、殷重，是另一種農禪風光吧。其中有法鼓山的精神與故事，有現代實用的健康態度，有清心平和的食觀，還有尋常食物的好滋味，包括心的滋味。

《金剛經》的開頭，是從日常生活開始的。佛陀肚子餓了，他著衣持鉢，走入舍衛城中乞食，還至本處，吃完了，收衣鉢，將赤足而行的雙腳洗乾淨，然後，安然而坐，開始了一次法會。

不知為何，讀《蔬醒》書稿的時候，我總是想起《金剛經》的開頭，想起自己參加法鼓山禪修營時所學：走路的時候、吃飯的時候，動作在哪裡，心就在哪裡。

僅此一口食物、一步行路，別無他想。

所以這本書，在全球氣候變遷的時代裡，分享「簡單、健康、環保、有味」的飲食態度與方式，像《金剛經》的開頭般，日常飲食，也是禪修。

每一份清淨食，都可以供養三世諸佛、十方眾生吧；心淨，則國土淨。

時已秋分，《蔬醒》即將付梓，讚歎作者鄧美玲女士與人基會、義美食品諸善因緣和合而成此書，載記如上；遂想到，每一個清淨的身心，每一位善男子善女人，都莊嚴了佛土。

鄧美玲《蔬醒》推薦序

島嶼邊緣——寫給鴻基

年輕的時候，第一次去蘇格蘭，曾經到天空島（Isle Sky），還記得那天的氣候和雲。

還有Saint Andrew，海邊的廢墟。

過往都是廢墟，未來是風暴呢？還是陽光？

在台南旅次，旅館中午寐，接到鴻基電話。

想起他的《大島小島》馬上就要付印了。

人身如小島（Isle），台灣是大島（Island），鴻基總是以海的向度看我們的島、我們的人生。大島小島，不是大珠小珠落玉盤，是海洋的大塊文章與人情的纖小幽微之共鳴。

海水是鴻基的血，鯨豚是他的同類。

鴻基以他的書寫，證明人類可以是陸居的海洋哺乳類。

陸地上，我們行走、思想；我們的夢，則是黑潮。

《大島小島》是鴻基如海那麼遼闊又如樹那麼根著的，出入無礙的動人書寫。

我想起上個世紀，我們在花蓮海上追蹤一隻喙鯨的那個下午，我們在島嶼的邊緣，但鯨魚壯游並沒有界限。

那個下午，我第一次覺得，鴻基可能是鯨豚，或非人類——因為人類大都用陸地思考，鴻基的追求和他的書寫，遠遠地超出了這些。

廖鴻基《大島小島》推薦序

這位認真憂傷的男子

三、四年了，我一直說服李焯雄在有鹿文化出書，直到今年方才落實，回想整個過程，我覺得他是帶著懷疑看著我的，他的踟躕與擺盪，很重要的一部分是在於：「許悔之，你真的喜愛我的書寫嗎？你真的了解我在寫什麼嗎？」直到他確定我理解他的作品了，至少有一些程度理解了他，焯雄才開始正式地整理稿子，而有了書的雛型。

焯雄對一本書的完成，或者說，一本書應該用什麼樣的面貌和精神出現在這個世界，毋寧是一次哲學的演練。

我第一次看到完整的書稿雛型，是文圖搭配完成，並且以A4紙整齊列印、乾乾淨淨的兩大本，我細讀之後，把它交給了寫序者之一張小虹，那樣的謹慎，讓我覺得要出一本書的焯雄像是一名抄經人。

當開始正式進入編輯設計，更是我在編輯出版生涯之所未見，焯雄數次和我以及相關的有鹿文化夥伴細密地開會，其實都不太談怎麼編、怎麼設計，更像是焯雄向我們解說他創作的痕跡、思慮，以及躲在文字背後，那沒有被完全說出來的巨大的縝密的心意牽繫，我也不斷地在討論的過程裡，建構出對焯雄書寫的看法，對《同名同姓的人》的看法——甚至有一些時刻，我懷疑我們並不是在討論《同名同姓的人》，我們是在討論什麼是書寫。那樣的逼近本質的凝視，讓我想到了焯雄這本書所代表的其實是一位文字的手工藝者，像在完成一座教堂的鑲嵌玻璃畫，或者是敦煌莫高窟裡的繪畫師。

《同名同姓的人》要正式進入編輯設計了，焯雄的好友之一，香港知名攝影家、導演Wing Shya夏永康也從香港飛來三次參與，和我以及有鹿文化煜幃、彥如、佳璘等人，從形式發想到精神性的掌握，我們無所不談，從巨大的討論裡，逼出一種感覺，那種感覺就是要從石壁上長出一朵花，而且要扎根，而且要美麗。

所以，《同名同姓的人》是石壁之花吧。終於要被完成，好像在無始劫來，就算是一本書，也要和世間殷重的相見。

《同名同姓的人》是什麼？張小虹的序已經說得非常通透，其他的撰序人也幫我們勾勒了李焯雄創作精神的風貌，對我而言，這是一本混合著詩、歌詞、散文、小說、劇場、攝影等等類別而難以分類的憂傷詩學。

憂傷是必然的，我們在世間誰不憂傷呢？但在憂傷裡有知覺、有詩意的探望世界，焯雄的每一篇文章，每一個文字，都混合著「老秋意」與「新草綠」，憂傷之中，是因為知道了一切會時移事往，但有一絲絲的愉悅，是知道唯有無比殷重，我們在世間的記憶以及所創造的，才能來日方長⋯⋯。

我會建議有意買了這本書或無意遇到的朋友，慢慢地讀這本書，《同名同姓的人》，其實我們是書中某種心情的任一人，當我們讀了這本書感覺到憂傷或者孤獨，就知道記憶從不終結，我們每個人活著都恍如世間最後一人。當我們從自己是世間最後一人的催眠裡，醒過來了，春花斑斕，人影交錯，或許我們都感覺到不同的滋味和意義，這就是文字的意義，從來都要有真心的參與，每一個字，才會發出光來，才會有意義。

慧心的讀者，會發現焯雄的每一句每一段都有高度的考究和音樂性，他像李賀，騎著驢，外出去尋詩覓句。然而，出版卻是有時間速度的，但是李焯雄對書的完成的想像是反速度的。世間一切的變化是速度的，但是李焯雄的書寫，努力地反速度。

所以我毫無困難地「忍受」了焯雄對完書過程中的挑剔與耗時，我和有鹿文化的夥伴只有用這樣的耐心，才能有一點點對等的回應了他對文字的敬重。

李焯雄筆下的世界是一種「艱澀的美」（dicult beauty），世界那麼艱難，書寫之又何可以容易？沒有認真感覺這個世界，又何以言美？所以請容許我竄改葉慈（W.B.Yeats）的詩句「一可怖之美於焉誕生」（a terrible beauty is born）而為

「一艱澀之美於焉誕生」（a dicult beauty is born）！做為向李焯雄這樣的創作之人致敬。

夏永康是第一位在日本「森美術館」展覽的攝影家，他三度從香港飛來台北，來和我們開會，他不斷地推翻我們的構想，他和焯雄不斷地演練書的感覺如何落實為具體的概念。

在一家餐廳裡，從中午到晚餐時間了，我用我的手機拍下了這次的編輯設計討論，在陰翳之光裡，我覺得有些激動，對焯雄和永康升起感激的心情，他們的敬重與縝密，讓我再一次於書寫編輯的手工藝術中重新感到新生；有一些難以說明的情緒，像傍晚的光，其實不是照射，是流動，從白之將逝中滴漏，從黑之將生裡湧出，《同名同姓的人》就是陰翳之光裡，我們認真憂傷的筆記簿。

李焯雄《同名同姓的人》編後記

那住在心裡的戀人啊……

當我還是少年的時候——我是指十幾歲的時候，在書店買到李魁賢先生翻譯的里爾克詩集，我彷彿發現了一個巨大的腹語、回聲之祕密，這個祕密每次在閱讀里爾克的詩或者闔上詩集之後，都會無預期地出現——少年的我，正開始寫情詩，為那些常常覺得應該不會有結局、不知道未來會怎樣的戀情，或者說戀情的想像，而感到莫名的徬徨不安與哀傷，而混雜著甜蜜的幻覺……。

愛是因為孤獨而生起的心理狀態嗎？還是一種在世間覺察自己煢煢獨立而渴望陪伴的幻象而已？我並不知道，我只知道自己的心裡好像住著一個人，一個完美的戀人，她不用開口便對我說出話來，她不用伸出手臂便給了我深深的擁抱，我恍恍惚惚了解，愛是現實與想像的交界地帶，我們愛上別人，有很大的一部分是因為我們的內心空白，那個空白可以一無所有，也可以皓月當空。

里爾克遂成為我的祕密教主，在隱蔽和顯露之間，少年的我，翻讀著里爾克的詩，像猜謎遊戲般，臆想哪一首詩是他在戀愛的狀態。但里爾克太繁複了，他的詩結合了宗教意識、生命叩問以及他獨特的偶開天眼，所以究竟哪一首是情詩呢？我常常沒有辦法分辨，所以我就一直把那些讓我的心感覺到融化的詩篇，當作是情詩了。我可能也抄過一些里爾克的詩句給心儀戀慕的人，像是一位少年對教主的祕密宣示效忠儀式：我這一生也要寫詩，也要寫出會讓別人的心融化的詩。這位教主與其說是里爾克，不如說是住在心裡的戀人……。

一直想編一本里爾克的情詩，覺得那會是我自己的詩閱讀以及編輯出版生涯重要的一件事。這個念頭埋藏在我心裡很久，但是這念頭太珍貴了，我一直沒有找到具足的因緣。

有一次，在台北市文化局和李魁賢先生一起評審，我突然開口了，向李先生提出編選一本里爾克情詩選的構想，得到李先生當場欣然的同意，所以之後我就從李先生所翻譯的幾乎全部的里爾克的詩篇中，一首一首慢慢地讀，那些讓我的心感到融化的詩，我知道，那就是我少年時認定的「里爾克情詩」。

最後選了四十四首詩，並且命名為《你是最溫和的規則——里爾克情詩選》，有鹿文化的夥伴並且將搭配林煜幃的攝影，以及出版後陸續邀約一些人士為情詩錄音——詩是心裡的聲音，詩是住在我們心裡的那個戀人的聲音。

少年時的徬徨與感傷，已經很淡很遠了……，但是情詩總是讓我們能夠回想起自己心中最溫柔、最柔軟的地方。這本《你是最溫和的規則——里爾克情詩選》當然是為有情的人所編選出版的，有情，也許讓我們在世間苦惱，但愛的時候，戀人眼睛之所在便是太陽正在發光……。

戀人在歌唱，戀人行走在里爾克的詩行當中……。

里爾克著、李魁賢譯《你是最溫和的規則——里爾克情詩選》編者序

編輯自己的人生

常常我都覺得自己是活在另一個世界的人，像是安哲羅普洛斯（Theo Angelopoulos）的電影《永遠的一天》（Eternity and a Day）裡，那一個心思永遠飄忽在想像中的詩人。

從小孩時候喜歡閱讀，少年時開始喜歡寫詩、寫作，年輕時開始做了編輯，我這半生基本上完全與文字為伍。有時抽一根菸，是在想一個書名，有時咖啡館裡坐著，是在想一段文案，不管路上如何塞車，開車的我通常不會覺得無聊，有時聽聽音樂，有時把《金剛經》從頭想一遍，有時想想某一位作家的書還應該補上什麼內容……，時間一下就過了，完全忘了路上在塞車，我像是一個腦袋中裝滿了文字的人，腦袋就是我的煉丹爐，有時文字契合了想像，甚至更為精美的迸現，那個時候，我總是覺得自己是孫悟空——火眼金睛，觔斗雲一翻十萬八千里。

我是那個《永遠的一天》裡的詩人，永遠是這個現實世界的「叛徒」。

一個喜歡文字的人，跟一個喜歡數學的人，嚴格說來並沒有不同，喜愛到了深刻就變成了偏執，所以我才會在法國菜餐廳對著經理說：「菜單上的 scallop，拚字拚錯了喔！」或者帶著小孩去宜蘭看黃春明先生的兒童劇，住在一個舒服的民宿裡，我整夜為了他們的宣傳DM太多錯字而急著要找老闆說明。這種偏執不知道是不是一種強迫症？希望每一個字和詞，都能精準、精妙，而且餘味無窮，而且彷彿這一段話、這一篇文章、這一本書，真的能改變一些人、給別人一些什麼。那種感覺夾雜著夸父追日的悲壯，完成度好的時候，會以為自己是某一種造物者，把虹放在了雲彩之中。

宇文正，我都習慣叫她瑜雯，當然和我相同的部分，都是從小對文字偏執，她和我說過在讀景美女中的時候，怎麼坐在公車上讀《紅樓夢》，還有其他的雜書、閒書、文學書，渾然不知聯考將至。我知道那種感覺，一篇文章或一本書，也常常催眠了我，我讀著讀著渾然不知老之將至，讀完之後，像是從催眠之中醒了過來，這個世界變得雨後草色新，山巒白雲歷歷在目。

但瑜雯又是和我不一樣的人，他們家小孩念高中的時候，她做了三年的便當，還以此完成了一本動人的書，她是很少數創作力充沛又能顧好小孩、享受家居的人，她寫了很多文章，和朋友相聚、歡宴，也常常去擔任評審，並參加各種活動，我不知道她怎麼可以把這一切平衡得那麼好！彷彿她在一天之中有多了我好幾倍的時間。

我們兩個都是五年級生，都在台北廣義的文化圈中追尋自己的志趣，並以此維生，四五年級生——有許多寫作的人，都加入了編輯這個行業，因為寫作彷彿不足以維生，編輯遂成為我們這樣的人，平衡理想與現實的道路。

瑜雯是少數在編輯界工作多年，仍保持赤子之心的人，每次聽她津津有味地談著一篇文章、一位作家，我都覺得她如此興味盎然，像是昨天才剛入了行的人；很少的時候，我也聽過她講了一些在編輯遇到的煩惱事、不平事，但通常她都是實事求是地訴說之，我不曾聽過她用敵意的語詞去敘述那個使她煩惱的人或煩惱的事，但其實瑜雯和我一樣，都是「資深編輯」了，那意味著我們在以編輯為職業兼志業的人生裡，已經工作了不少時日，認得不少的人，經歷了不少的事。

我有時見到她，會升起一種感慨，她怎麼可以把「文字」和「現實」過得這麼好、這麼平衡？因為我知道文字源於現實，又常常超乎了現實……。

所以當我看到《文字手藝人：一位副刊主編的知見苦樂》完整的稿件時，忍不住一讀再讀，順便回顧了自己的前半生，那在編輯裡追索的我，有多少的榮耀，還有多少的挫折，有多少的欣悅以及傷口。

做事不容易，做人更難，尤其是擔任重要的編輯人，總是要面對各方壓力、各方需求，有時候退了一篇稿子，就結了一個「冤家」；我這半生做過副刊主編、雜誌社總編輯、出版社總編輯，中年的時候創立了一間出版公司，有時朋友問我感想，我總忍不住犬儒地說：「做了編輯多年，朋友三百，仇家七百——」

用稿、退稿、邀稿、看稿、修稿、下標、企畫、配圖、設計、清版……，一位編輯，尤其是一位副刊主編，每天的那塊版面就像是一艘船，要從此岸渡到彼岸，有些沒上船的人，在岸邊不平咒罵，有些上了船的人，或許會嫌沒有坐在好的艙位……，副刊主編像是船長，總是要面對各種乘客、各方期望、各種眼光、各種評價，終究這個世界是沒有皆大歡喜的，所以船長要有很雀躍的心，能夠把每一天的版面（航程）當作全新的航行；船長也要有望遠的眼光，能夠把船開到新的景點；船長也要有堅強的心和廣濶的肚量，可以面對、忍受不同的看法和聲音。

而這一些，瑜雯都做得遠遠、遠遠地比我好！在台北文壇、文化圈，幾乎沒有聽過她有什麼「仇家」，而且她把編輯的人生過得平衡而且陽光、而且美好，而且她把副刊的每一天版面，編得如同一艘美麗且堅固的船，而且她還創作不斷，寫出了好多好多美好的文章……。

所以《文字手藝人：一位副刊主編的知見苦樂》不只是一本讀來津津有味的談編輯之書，而且也談論了人生、談論了人間行走的平衡，更談論了美好的心量。這本書裡的敘述者，同時兼有老靈魂和少女心。

如果你是從事編輯相關工作的人，無論是紙本或者數位媒體，那麼我覺得你應該讀讀這本書，鑑往知來，不管載具如何改變，只要文字存在，編輯這個行業便永不會滅亡。如果你是喜愛文字的人，那麼你更要讀這本書，因為擁有對文字的執念和喜愛，宇文正不但在創作裡是一個美麗的新娘，也完美地為他人「作嫁衣裳」。

瑜雯不必做這個世界的「叛徒」，她把文字和編輯完美地和這個世界同頻率、共生息；把不一定美的人事編成美的版面，把美好的書寫編成更美的人生——這本書中她說的，其實是如何編輯自己的人生吧。

宇文正《文字手藝人：一位副刊主編的知見苦樂》跋

這不是一篇序——因馮平的散文而想起

有鹿文化在二〇一四年十二月出版了馮平的第一本散文集《我的肩上是風》，宇文正與黃麗群兩位小姐為之作序；二〇一五年八月旋又出版《寫在風中》，呂學海、王盛弘、李時雍三位先生為之作序。對一位認真書寫多年、累積良久的作家而言，成果不可謂不豐碩，但其實馮平旅居美國，默默書寫已經很久了。這兩本散文集的作序者，都鍾愛他的書寫，談論他的散文取向和特質，自然深刻深入，其實也勾勒了馮平的散文書寫軌跡、所及與探看之處。

二〇一七年七月，有鹿即將出版馮平的第三本散文《問風問風吧》。三本散文的書名皆有「風」，讓我不禁思惟為何馮平那麼著迷於書名有

「風」。

風，可以是和風、暖風、狂風、暴風……，風，其實虛無飄渺，你看不到它、摸不到它，只能透過它的吹拂或吹襲，感覺到一種大自然的動能與神力。風生水起，水面生了波瀾，波瀾也終將被抹去，所謂風來疏竹，風過而竹不留聲。馮平三書皆以「風」為題，就如同一聲長久的嘆息。

做為一名編輯，馮平這樣的作家，如同一名隱士，默默地寫作，也自然不介入台北所謂的文化圈；他的寫作既存有巨大的熱情，也有廣闊的觸及，包含宗教、文學、政治、社會，皆勾連於他私己的感覺與感受而終究連為一氣，其實讀他的散文是非常愉快的事。

在《問風問風吧》這本散文集裡，愛貓的朋友可以讀到〈貓戀人〉、〈來了九隻貓〉、〈想起阿強〉、〈寫給凱莉〉、〈為誰而哽咽〉、〈尋浪啊〉諸篇；作為一個原來不愛貓，但後來因緣之故，日日和三隻小貓相處的我，在馮平看似淡遠的敘述裡，讀到幾乎欲淚。因為貓不只是貓，而是愛的容器、愛的行動、愛的能力。我們的一生終究是在各種相互隸屬的關係裡，覺察做為人最珍貴的特質之一，就是「有情」。

做為馮平散文的出版者，這不是一篇序，這也不是一篇推薦語，這是一則因為馮平的散文而讚歎文字可以如此連結我們與世界的隸屬關係，我安安靜靜地讀著馮平的散文，若有想，若非有想，遂感覺到了自己更清晰的呼吸和心跳。

平靜，舒緩，卻好像世界有時就在眼前，這是像馮平這樣一位散文家，以隱士之姿，感覺了這個世界。

所謂「心生萬法」，讀馮平的散文，或許透過他寫貓，或寫其他的人事物，我們可以印證：做為有情眾生之一，真好！

《大智度論》上說：「衰利毀譽稱譏苦樂，四順四違，能動物情，名為八風。」

我知道有時我們從別人的書寫裡感覺到第九種風，叫作愛，有時名為慈悲。

輯四

墨色如海

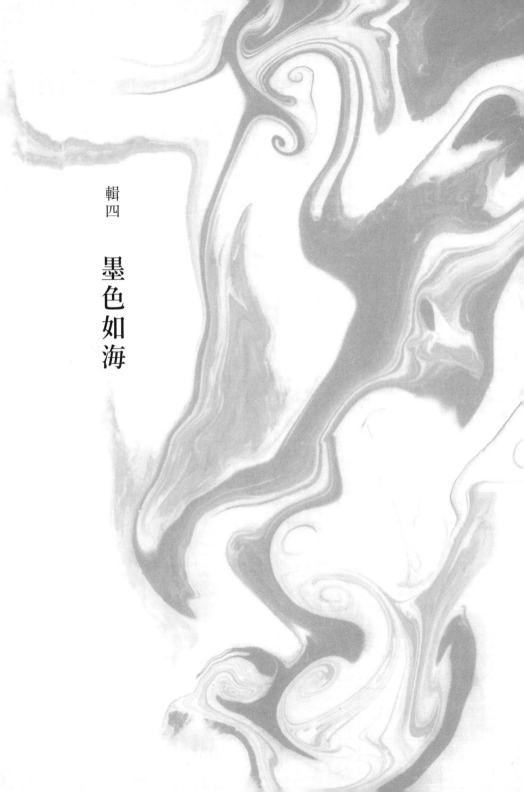

騎著馬到遠方——偶遇舒娜盧南的雕塑

在現實的世界裡生存著，有時我們會因為看到一朵花、一棵樹、一顆星而感動，甚至有時候僅僅在海上看見明月——海上生明月，海是不會生出月亮的，在自然化生的草木之美中，我們知道那好像是一種最原始的存在，月亮、大海、潮汐則是各自存在卻依傍而生的奏鳴曲，那麼，依照著人的心、人的手，去創造的那些美，怎麼和自然對話？

在中國的美學發展上，「自然」對老莊而言本是指誕生的起源與無礙的化現，在魏晉之後，「自然」則大多指涉山林草木溪河；一位美的創造者——詩人或者藝術家的大課題是，該怎樣去體會自然、描摹自然，而呈現材質與媒介

（文字或鐵銅或顏料等等）與自然的對話，我所指的自然，包含了這兩種自然的不同指涉。

在朋友處偶見舒娜盧南（Shona Nunan）的作品，包括雕塑以及一些大幅的粉彩畫，她的雕塑，深深地吸引了我，我像一個好奇的小孩，伸出了手去撫摸、去觸碰，彷彿這些雕塑之中，有著它的「自性」，不是我在看這些雕塑，而是這些雕塑在向我說話。

其中的一件作品，是一匹馬，一人坐在馬上，馬之四蹄踏著大地，勢欲揚蹄，人的面目則是抽象的，分不出女與男，他們好像心念一氣，望向遠處，望向無窮盡的虛空遠方。

當我是個小孩的時候，我深深著迷於馬，馬的形態，馬的精神，甚至馬的鳴聲。那時台灣剛剛有電視發展，只要電視上播出自然的節目，節目中有馬，我總感到目眩神馳，以為自己就是一匹馬，草原那麼遼闊，世界那麼巨大，世界用馬來告訴了我，人是有限的，但心的自由沒有邊界；很小我就愛寫作，總是寫完了一篇文字，就畫上一匹馬，各種顏色、各種姿態、各種心情。

那時，我是一個會念書的小孩，只有六、七歲，我死去的父親那時是個年輕的父親，他總是告訴我，只要我考了第一名，學期終了，當了模範生，他就會買一匹馬給我，我在我的畫畫裡不停地規劃我如何照料這匹馬，牠的住處，牠的食槽，我要帶牠散步的路線；甚至童年的我，也想像過，我如果擁有了這匹馬，該叫什麼名字呢？我想過幾百種名字，我也曾經擔憂過，這匹馬老的時候，死的時候，我該怎麼辦。

從小學一年級到五年級，我都是一個品學兼優的小孩，我的成績永遠是第一名，永遠是模範生，每次收到成績單，我都膽怯地問爸爸，我們的馬什麼時候會到我們家呢？我爸爸總是回答我，下學期你還是模範生的話，我們就來買一匹馬。

身為勞動階級的父親，永遠不可能有錢買一匹馬，這是比較長大後我才知道的事。但那五、六年之間，我一直覺得我父親會信守承諾。我家族曬穀場的榕樹下，曾經我無數次站在那裡，並想像一匹馬優雅地站著或者休息。「爸爸你什麼時候買一匹馬給我？你答應我要買一匹馬給我啊！」這樣直截明白的詢問，我並不敢說出口，因為我隱約知道，父親的經濟限制，做為一名勞動者，養活小孩就很不容易了，他怎麼可能買一匹馬給我呢。

小學六年級的時候，我終於放棄了擁有一匹馬的念頭，後來我原諒了我父親的「欺騙」，他已經用那麼多的愛與辛勞，在此生和我結緣，我有什麼好怪他的呢？

於是馬，就成為我這一生最美好的想像、最巨大的自由意志，馬是我在這世界的美與期望的隱喻，但我的詩裡從不寫馬，我的詩中有鹿、有鯨豚、有兔子、有百合等等，甚至我自己開始賺錢，能夠收藏一些藝術品，我也從不曾買過馬的相關藝術品，一張畫，或者一件雕塑。

在朋友處看到舒娜盧南創作的馬的雕塑，我定定地站在那裡，摸著這匹馬的頭，摸著這匹馬應該長著馬鬃的頸子，看著坐在馬上的人，啊，我是這個人，我是這個騎士，坐在這匹馬上，要到遠方。

我也想起諾貝爾文學獎得主葉慈（W.B. Yeats）的墓誌銘：

Cast a cold eye
On life, on death.
Horseman, pass by.

投出冷眼
看生又看死
騎士們通過吧

我是一名騎士嗎？我這一生的使命是什麼呢？它明明是一件馬的銅雕啊，為什麼會使我全然的喜悅與感傷，好像站在此刻，過往都成了廢墟，廢墟中有一匹馬在奔跑，奔跑，奔跑。

我看到舒娜盧南創造這匹馬的時候，她留下手指觸痕的印記。我父親從未買過一匹馬給我，我從未擁有過一匹馬，就算當年我父親買了一匹馬給我，這匹馬應該早就死亡了，從來沒有出現過的馬，就一直活在我的想像裡、我的心中。但是這匹馬——我指的是舒娜盧南創造的這匹馬，可以活得好久好久啊，久到永遠不會死亡。

我看著這匹馬，像是有了天地之後，有了萬物，這匹馬就在那裡；然後，有了人，馬蹄疾疾如風，也可以優雅踱步，人在大地之中，遂能到更遠的他方，可以看到更多風景，可以冒險。我忽然想到佛教的歷史裡，佛陀滅度後有一位「馬鳴菩薩」（約出生於西元一一〇年前後），一般相信他是《大乘起信論》的作者。做為一名法師，傳說中曾有人帶著七匹飢渴的馬，一同前來聽法，有人備了水草，但這些馬聽得專注，絲毫沒有去吃水草，聽法一段時間之後，這七匹馬眼角流淚，向天嘶鳴。

那麼，在我眼前，舒娜盧南創造的這匹馬，可能是天地有了萬物之後的第一匹馬；可能是聽馬鳴菩薩說法的其中一匹馬；也可能是馱著佛經從印度走到中國的一匹馬。釋迦摩尼佛曾經說過，有一世，他是個商人，在師子國遇難，那時觀世音菩薩是「聖馬王」——觀世音菩薩那時是一匹馬，載著他逃險脫難。

我知道，眼前舒娜盧南的這匹馬，就是我父親答應過要幫我買的那匹馬。

二〇一五年八月二十五日《聯合副刊》

大象希形，香象渡河——論郭思敏雕塑的風格

關於郭思敏比較早期完成的「境外之石」、「虛實間」系列，是很宇宙孤獨感的。

天地玄黃，宇宙洪荒，「境外之石」宛若不知哪個星球降落在此的飛行器，想要發出訊息，想要說話。

在美國耶魯大學專習建築的經歷，以及性格中直覺而優雅的特質，讓郭思敏作品散發著靜定的柔光，彷彿一個來自遙遠宇宙的美與記憶的飛行器，來到此時此地，和我們交談，交換了心靈中最單純瑩亮的觀看與渴望；作品以極簡約的構成元素展現了空隙中無比自由的流動韻律，看似少言，卻又恍惚有如禪

宗的「以心印心」。

「境外之石」也極像一座靜山，貞定而立，之間又彷彿可聽見水澗鳥鳴，讓人想起「相看兩不厭，唯有敬亭山」的從容、愜意，竟如唐詩絕句之境界，五言四句二十字，少少二十字，其中萬象包羅，統攝於一種直覺純粹敏感的心靈。不論從什麼角度觀看「境外之石」，我們都可以有靜定己心的愉悅。

愉悅之中，又感到寂寥，沒有說出的部分，就彷彿永遠不會停止，此是詩的空間。

初唐詩人之句，總是大氣，有一種開拓的泱泱，大度泱泱，郭思敏比較早的兩組系列作品「虛實間」和「境外之石」，看似簡單甚或極簡，其實有不同角度觀看的反覆摹擬，才落實成形、成為「物件」。藉著「少」，郭思敏完成了她作品風格第一階段的「大象希形」；唯獨「少」，所以在簡約貞靜中，又有物件之神的動能，靜中有動，靜中能動，她的作品遂如同未來千年的某種備忘錄：我們看之如一山，山靜如斯，彷彿千年來，安安靜靜地在空間裡，下一秒，「境外之石」就要飛行。

飛行到哪裡？過去？現在？未來？是未來千年？抑或過去千年？

郭思敏作品最迷人的地方正在此：彷彿置放在不同時間空間都隱然成立。她的作品遂有一種洪荒之感，彷彿開天闢地以來，就在那裡。

也非常有大荒山的感覺，非常有紅樓夢般的情緒。

過去心、現在心、未來心，三心不可得。心既不逸逃如原上之兔、之狐，觀看者的心，就安靜下來了；在安靜之中，作品遂開始說話，那時，恍兮惚兮，音聲不在這裡也不在那裡，在自己的心裡——我們在世界學會積累的美學經驗，會有一種全新的粉碎。

那種粉碎，是一種「主體性」的震碎；我們慣常於觀看藝術品時的「光音無限」，在看郭思敏作品時——如果入神，我們會生起一絲「虛空粉碎」的暢然之感，又覺得做為時空旅人的我們，孤獨之中的自由。

二〇一五年，郭思敏在誠品畫廊的個展，以「內照空間 Inner Space」為名，展出她這些年來依時間序發展的各個系列：境外之石、虛實間、冉冉而生、冉冉、內照空間、在空中。

「內照空間」，何嘗不是作品與觀看者彼此照見、互放的光亮呢？內與外、有與無、物體與影子、主與從，往往主宰了我們視域的歸類與判別。

有沒有可能？它們其實呈現於一種「不分別」。

「內照空間」這系列，雙拼的每一物件，其實一半像影子而又「實有」，它們本是二又合一，像是影子、鏡像、孿生、伴舞，它們在空間中站著，又欲飛舞入天。

在地心引力之外，這屬於夏卡爾般有著飛舞可能的金屬的夢境。

輕與重，在此，就無分別了。

所謂「內在空間」、「外在空間」，其實都是我們心的「內照空間」；當我們極安靜的時候，我們不看見，只是照見，照見沒有主從、輕重、有無的神祕空間。

那種指涉了時間空間又渾然不受限制規範的自由，透過厚重的金屬呈現的自由的意志。

物猶如此，何況有「心」的我們呢？物之形而有神，就是這個意思，這正是郭思敏的風格與完成。

關於「冉冉」，以極簡的語彙，呈現出一種在空中自由舒展、漫遊的狀態，「冉冉」正像是一朵雲，飄來了，停駐在牆上。

雲，是水的蒸騰、上升，是狀態的變化，也是心境的對照。從人類有文明開始，雲，就是一種想像、一種自由的渴望、一種自在的念想。

極輕柔，若有似無；極閒適，無牽無絆。雲之冉冉，是自由自在、歡喜的讚歎！所以古詩有「卿雲歌」，其詩有曰：「卿雲爛兮，糺縵縵兮，日月光華，旦復旦兮！」用以詠歎具足圓滿的美好。郭思敏的「冉冉」，如同池水因日照而生水汽，冉冉而生，風生水起，風吹雲走，雲來停駐，自然和諧，其中，有道存焉。

在空間、虛空之中，「有」與「無」並存；藝術的完成從心所感、心所想而出，最終完成在空間中，發出聲音、說出話來。

郭思敏試圖用極少的片與面，構築起一個個實體物件，留下很多的空隙、空白、流動；並且在不同大小尺度皆具興味，以及多元觀看角度的發現。

藝術品和藝術家，正是這個世界的發現者，發現「無為有之用」——那種宇宙般感受。在我們有限的世界，心有著無限的可能。

譬如她的「冉冉而生」系列，厚實的金屬能展現輕盈嗎？如煙、如鶴佇立、如門、如螺旋、如一準備行走的人。郭思敏用接近抽象的簡約形式，完成多重複合的美感刺點。

而在每一視覺角落匯合的尖點之外，是更大的空間——虛空，並且集神於無垠無限。

有、無，都在「空」之中；空中，本來無一物，因心而萬有；藝術，正是用有限叩問時空無限的邊界，以「有為」求索「無為」的入化出神。

虛空粉碎，無物之神。佛經上說，兔、馬、象渡河時，腳跡有沒有踏到河底，境界深淺不同；郭思敏從創作她的雕塑開始，便由「大象希形」走上了一條如「香象渡河」的「大乘」之路；無意之間，隱隱然直探了時間和空間奧祕的叩問。

大象希形，不易；香象渡河，更難。然而，難行能行，正是大乘之道啊。象之渡河，慨然截河而過，直截了當，直接過岸。

她的作品，放在無限的時空，只是一微塵；而這微塵，照見了時間和空間構成的世界。

「苦竹園南椒塢邊，微香冉冉淚涓涓」，李商隱的「野菊」，如此用了「冉冉」二字。

微香、冉冉，是飄忽、抽象的；那麼，郭思敏「具象」的、非常建築空間感的雕塑物件以「冉冉」為題，恰巧也有了跨越了虛實、東方西方的風格之完成。跨越，才能無界限的和時間空間對話，謂之宇宙感，才是「空中妙有」的創造。虛空有盡，心才無窮。

「冉冉而生」、「冉冉」、「內照空間」、「在空中」等系列，有了更多的律動、流動、轉動、舞動；金屬因而更有了飛行的意志和動能。

看她的作品，在每一面向、每一角度、每一視角、每一轉折，都有她反覆琢磨過的呈現，看似簡潔，其實是苦心為之，然後，在一個很安靜的時刻，形，出現了，形而有神，形神不分。

在空之中，作品完成了，在空之中，金屬化為靈光。

創作，就是詩意的空間，就是時間空間之中標識知見的旅程，就是最終藉由藝術品反觀己心的「內照空間」；我很喜歡「冉冉而生」系列，自己也收藏了一件。那麼，就以一組詩，來載記我與「冉冉而生」的相互照見。

之一

是鶴嘴嗎

抑或佇立欲飛之足
是梯子嗎
或者虛空中隨心
而化現的一扇門
都是都不是
非想非非想
冉冉而生
歷歷晴空
一篇詩

之二

飄舞之絲緞
驟然凝固為

金屬的詩
每一轉折處
正是一個千禧的年輪
我欲冉冉而生
我有一雙隱形之翅
無盡時空
一篇詩

之三

我要走路
之前我是一棵樹
我在走路
此刻我乃一人

我在快步
用移動換來動能
我要飛行
蓄勢待飛的前一刻
啊冉冉而生
我看見了
世界的眼神

——郭思敏在「誠品畫廊」個展畫冊序

完美的樂器——許雨仁初論

二〇一一年，春雨瀰天覆地，三芝的水氣漫漶、濕躁難當，到了山居的許雨仁住家與畫室，室內室外都彷若流汗或流淚；我與策展人胡永芬、若干藝術家、收藏家和幾位媒體朋友，一起去拜訪他和張金蓮這對藝術家夫妻。

對許雨仁的作品印象已久，但那是第一次完整的看到他許多作品，包括他年輕時的創作。

許雨仁總愛說他的作品分「粗筆畫」與「細筆畫」，那是概要而言；水墨技法的皴擦點染，其中變化無窮無邊；心生萬法，許雨仁早已獨樹一幟。

我的收藏家朋友當中，楊周素華女史、郭旭原黃惠美建築師伉儷的家中都在最好的位置懸掛了許雨仁的作品；都是粗筆畫，取植物之神援引半抽象之形，高古曠朗而寫之，枝幹的筆觸之中，有摩崖石門之意！彷彿從年代已久遠的石頭上拓紙而成畫。每回到這兩位朋友家中，我總是去看筆觸中的細節，每每神往，如見古稀之拓本，如見水中之倒影。

在拜訪許雨仁的那一次會面，他展示了一卷細筆畫絹本讓大家就近觀覽。絹上有著因三芝水氣過盛而生的漬痕，像夢褪了色；畫中所寫者，若有似無之枯枝，如孤獨的野舟無人欲渡而兀自橫置；我半蹲於前，看了久久，悲從中來。

畫中的每一細筆，約略相同長短粗細濃淡，像針般的春雨急急，拂面卻也刺人。畫家的筆觸之完成，像是一種偏執、一種強迫症；我心中瞬即想到愛爾蘭的《凱爾之書》（Book of Kells）與羅馬尼亞鋼琴家狄努・李帕第（Dinu Lipatti）。

西元八〇〇年左右的愛爾蘭天主教僧侶，以拉丁文抄寫聖經，結合愛爾蘭風土傳說神話的圖像，一筆一劃，無比專注、恭敬而自虐的抄寫聖經，彷若一筆一劃，都是寫給神的情書、求赦之書：請赦免我！請愛我！請為我展現巨大抽象而無所不容的大愛大能！

年輕時去都柏林，「三一學院」裡看到展示的《凱爾之書》那種激越之心，又浮現出來。

又如此優雅如音樂。許雨仁每一個重複的細筆像一個音符，在自律、自虐裡完成了心中的樂章；在自我的高度設限裡，創造了如音樂般的「數學性」；或者說，以高度數學性的加乘、準確，完成了畫面、氣韻如音樂般的作品。

李帕第傳世的演奏錄音中，我最喜歡他彈蕭邦的《圓舞曲》，音符與音符之間行雲流水，完滿無缺、優雅不可方物；聽者往往會以為那是從容而成就；其實，李帕第都是一小段一小段練習，往往可以重複數十次才決定一種表現的形式。他以無比自律、形同自虐的追索完成自己的創造；讓最枯索的重複化為單純而美的可能。

他是上帝創造的「完美的樂器」(perfect instrument)。

對我而言，許雨仁也如同「完美的樂器」。是什麼樣的心事、精神狀態讓他這般執拗，非如此不可？為什麼這卷細筆絹畫，像是悼亡中獨步低語？細筆如此之淡，若有似無，如樂音之將絕；枯斷的樹枝如焦尾之琴，絃為知音斷。如此優雅的畫面，竟散發著死亡氣息，形銷骨立；其精神處直若莊子所言「呆若木雞」。

之後，我才知道，許雨仁、張金蓮夫婦有一纖細好看的獨子，青年時殞世。啊。我心中也因之感懷喟歎。

細筆，乃因許雨仁的沉迫肚中腸；粗筆，是許雨仁想要超然物外的努力；二者是互補、是平衡，相互浸染，粗細同源而殊途，終將殊途而同歸。月光照枯枝，既悲復長吟，無粗亦無細，都是許雨仁。

二〇一三年二月，我到北藝大看許雨仁的展，展出更多他青年時的作品，有著「文件展」的況味。

展場一樓所見，從二樓垂掛一長絹，是細筆畫。

寫群山，水中倒影的群山。

我突然覺得，這些細筆畫都是許雨仁人間印象與所思所感的「唐卡」。有此一說：藏傳佛教的唐卡之起因是畫佛於水中之倒影；但許雨仁的創作並非繪畫禮敬供養諸佛菩薩護法金剛的唐卡，而是畫人間倒影的唐卡。

人生實難，大道多歧！人間煙雲如幻化，只有真心留下來。

做為「完美的樂器」，許雨仁心中有著他的樂曲：天地蒼茫，日將沉落；老屋枯枝，暮鳥歸急；茫茫天涯欲何之？猶抱琵琶半遮面！

那位中學時勤練魏碑的許雨仁，應該沒想到，這些苦練苦工，有一天會成為他創作時堅實的底蘊。

後來的許雨仁，也不會知道，造化還會分派給他些什麼。天地不仁，以萬物為芻狗；天地不分別而喜或厭，萬物都有生滅；天地不仁，以畫家許雨仁為芻狗，所以許雨仁的作品情緒如古琴，又彷彿理解了天地之道而不思善、不思惡。

所以，那些畫中所獨有的幾何性、抽象性，也是許雨仁錘鍛心志、思惟生滅的秩序所留下的痕跡吧。

無常、無自性的人間，才賦獨具的畫家成為一「完美的樂器」而演奏紙上的樂曲，以遣此生，以志生滅吧。是自己的選擇，也是命定吧。

春雨如針，而仍有仁，生養天地萬物，天地有大美而不仁。

二〇一三年五月六日《聯合副刊》

美的口腔期與口腔期的美

去年年底，百藝畫廊相約，和李津在台北「台南擔仔麵」有了匆匆一會。四處吃喝，是李津創作的「田野考察」，烤烏魚子上桌時，我注意到他專注觀看的表情像看著獵物，他咀嚼品味時的表情像和戀人的纏綿。

飲食、男女，人之大欲存焉；既飲食又男女，李津的畫作，是複合的「飲食男女」。他的作品，博采食物飲宴而載記之，也多男男女女肉身並陳，是真正的「飲食男女」，食物的肉身與男女的肉身交相疊映。文明，在所謂「性靈」之外，慾望——包括飲食和性，總是會被道學者斥為不登大雅之小道、外道。

李津的構圖，包括他諧擬自己的造型，那麼「下里巴人」而原欲飽滿；但他畫作的設色，那麼的繽紛爽麗，翩然彩雲來集。衝突又如此撩撥，明明慾望極了，卻一派天真爛漫。他畫中人物的擬卡通造型，還有那些斗大不守規矩的畫面上之題記，使得他的畫作，其實接連了最現代的現代！現代的精神正在於背反浪漫和古典的制約。

文明的界限，在於火，在於生食與熟食。李津畫作中，食物多是「熟食」，肉身的慾望，又多麼不遮掩、多麼的「生食」。提醒了我們：文明永遠有一部分無法脫離原欲的痕跡！又或許，文明的動力，正在慾望。

所有修飾的美的背後，都有無法脫離、無法逃離的口腔期。我們從口腔說出話語、吃進食物，以為幸福，又永不饜足。

李津怪嗎？拿磚頭敲破自己頭顱的徐渭更怪呢。

李津奇嗎？食物和肉身的饗宴，又有何奇？

看李津的畫，總被他「卡通化」的自己所吸引，彷彿那其中，有一絲絲無言的悲傷情緒：這一次饗宴之後呢？

飲食男女之後，都是感傷的；這與望月月隱去、花開落水面，其實相通。古代禪師云：「道在尿屎間」；李津或云：「道在飲食男女間啊！」

你或問他「什麼道」。

他或可云：道可道，非常道。

當有一刻，你被他的不在意而被擾動了，你會發現，自己所認知的「美」、「道德」種種，都是依照別人的期望而建構的，其中根本沒有自己。

藝術家的「道」只有一條，走出別人沒走過的路，哪怕那裡是煉獄天堂，或者是，酒池肉林。當我們重新品味食物或感覺肉身時，柏拉圖的「饗宴」才剛開始，我們的生命、我們的文明，正要從口腔開出花來。

李津，正在載記：文明中最口腔、最肉身、最不「性靈」的那一部分，其實也很美麗。

對我來說，他是水墨的道士，用繽紛美麗如羽的色彩敷設，從口腔中，飛出鳥來，開出花來。

又像是水滸中的魯智深大呼著：「嘴裡可以淡出鳥來！」就提著杵杖，吃肉喝酒去也。

——二〇一四年李津在台北個展畫冊序

花眸慈悲，怪胎眾生——筆記林麗玲「花眸似慾」個展

在這個世界，美，本來就存在了，而且是不需要意識的，不需要說明、判別的；洪荒之中，一棵樹或一株花的生命慾望或是說生命意志，本來就是美的，美是一瞬之光而照亮了永恆的感覺，成住壞空生住異滅的變異之接續無不是一體之美；我們因為種種「識」的分別，判別了什麼是美的、什麼不美。

林麗玲筆下的花卉，從畫布中橫空而出，彷彿被新割下來，在瓶中忘了自己已經被割截，像一個個美麗的面目，愛鏡中頭之眉目可見，炯炯的看著林麗玲被時間追趕也追趕著時間，在枯萎以前，要把它畫下來，要讓它們活得比原來的物理生命時間更久……。我彷彿可以聽見畫筆在畫布之上刷刷刷刷刷的聲

音，時間的石礫被放在臼中碾磨，要磨成玉屑金粉。畫是一種心的煉丹術，必須在時間之弱水三千中取一瓢飲，卻也帶著叩問並擷取永恆的果敢，是一種被追趕中追趕原來的追趕者，而成為主客不再分別的互為主體，然後在一種時刻，渾然忘了是被追趕還是追趕者，那種渾然不辨的時刻，謂之天成——以藝術追趕自然的本來面目而又另創新局，因此花神賦形，在一尺幅之間。

鳶尾、大理花、黃百合……，看林麗玲的畫中之花，其實更像是被花所看，諸花散香、姿勢各異，令人無比愉悅，然後看著看著我們忽又心生一覺，畫中原來的花早已經不在了，創作讓這些花用另一種方式永活了下來。花名為何，已經顯得不重要了，花而有神，炯炯有神的看著站在畫之前的人，人只有兩隻眼睛，花，卻有千眼……

一花有千眼而人眼竟只有兩隻，何其令人頹喪啊！幸而有林麗玲這樣的畫家，以一種奮力、酒神式的顛狂奔跑追趕時間為我們載記花的美不只是我們肉眼看到那樣的簡單——花不只是顏色、姿勢之美，在時間之中，花也有回眸、嗔視、一乜……，花，如此情意流盪、情慾飽滿。

她畫的花，大都留在最美最飽滿的時刻，花的輪廓大多不張揚張狂，畫布的底色，都帶有林麗玲獨特的情緒創造和感覺方式。如果說，常玉畫中的白，有瓷白、紙白、象牙白、百合白……，種種白中之白，那麼，林麗玲畫布上映襯花的「底色」，其實創造了一種超乎「識」（分別）的本能愉悅，那是一種對色彩的天賦才具，如同降靈，彷彿神諭；以「色」（顏色）追趕紛飛變幻之心緒，凡種種色，無非心之萬有。這些「底色」使得在枯萎前被林麗玲追趕時間而摹寫的花，有了無比豐富的情感，另見其神，花而有神，神而明之，超乎「識」——人為的分別，而使得時空振盪如絃，在色彩中充滿了音樂性，看畫的人在一種純然的愉悅中喪失了主體，這時候，花，開始看著我們；花，彷彿要對我們說話而欲言又止……

林麗玲讓我想起美國的攝影家R.Mapplethorpe（1946-1989）。一九九〇年代初期，我在倫敦看他的大型回顧展覽，黑男人、白男人的酷兒（queer）情慾令人不止咋舌，而且驚心動魄！搭配他所拍攝的多位名人人像，以及許多性暗示強烈的花卉；慾望如何變成美麗？那是一次我心靈被猛烈撞擊的攝影展。

林麗玲這幾年所繪的人像——那些眾多還未變成「女人」的少女的身體，撩裙、露胸……，甚或如殉道者高舉雙手交叉好像「要被」釘在十字架上，非常震撼觀看者。

好像有一種慾望，從人生下來就本來具有，但是我們選擇避開它，不看它，以為這樣就可以把它塗銷。但是林麗玲「逼迫」我們觀看它，而畫中這些少女（偶爾也有小男孩）正以一種質疑的眼神凝視我們。

這一種情慾狀態，當然不為世俗所喜，每次看到林麗玲這些畫作，我都想到世說新語，那些魏晉人士的悖俗背世——在反面的世界裡，看見人的另一個部分，而且可能更真實。

林麗玲並未選擇用潛意識的造境來描摹這種狀態，她直來直往，直下呈現，讓住在每個人心中的少女撩起裙子、露出胸部，一派怪胎情慾。但說是情慾，卻意不在引觀看者之情慾，這些少女的眼神，有一些些挑釁而且勾魂，有一些些嫵媚復又攝魄，竟爾又帶著凝視時的無比深邃而慎重，看得你以為她就是你了。站在這些畫的前面，根本無處可逃，畫中人的眼睛從不同的地方觀看你，你以為已經走遠了，而她（他）還在看你……

這些畫，又瀰漫一種難以言喻的了然與慈悲，那麼東方，那麼宗教氣息……

看這些畫，慾而未慾、似慾不慾，非善非惡，悲欣交集。

花眸不語卻能予樂，本來慈悲；如此情慾見鏡中人，怪胎眾生。在林麗玲「花又非花，慾而不慾」的繪畫造境裡，存有感的邊界被標記又流動了，慾望毫不窘赧的成為美的本體。我們遂很難得的看見：以花示演諸相的種種色，以及在大部分時間中，我們無法直面的自己。

林麗玲的畫告訴了我們：美，是讓事物顯露它自己；創作，是一種不凡的揭露，揭露被屏蔽或未被看見的那些部分，而使得事物不只是單一的可能、單一的秩序。

那時，就有了一瞬之光，花開了，鏡中人也看見了自己。

二〇一六年十二月一日《聯合副刊》

老子已乘青牛去——于彭畫作的化「複雜」於「一志」

每次看于彭的畫，都會想到他的本名：巫坤任。

巫覡做為天地山川神靈鬼魂與人之間的訊息傳遞者，是捎來並解釋訊息的人。

坤為地，乾為天；天似父，地如母；《易》曰：「龍戰於野，其血玄黃。」天地玄黃，宇宙洪荒，鴻濛未開時，一切尚未創生，遑論被辨識、命名。要等乾坤初定，一切才開始生、展。坤卦：地勢坤，君子以厚德載物。地之厚大深廣，無所不載。

任，隨順某一種心念或意志，可以是白鶴青空任翱翔的逍遙自在，也可以是江湖路險任我行的任俠。

觀看于彭畫作裡的符號元素、語彙痕跡和廓然無垠的想像空間，我常忘了他叫「于彭」，而總是不斷地想到他的本名「巫坤任」——一位捎來並解釋訊息的「巫」覡，一位溫善而厚德載物地勢「坤」的儒者，一位無限時空「任」遨遊的修道人。三位一體、三者合一，是為于彭。可以是晝長苦夜短喝酒通宵達旦不知天明但求一醉的飲者，也可以是在頂樓花園傲嘯唱歌而吟詩月滿樓的藝術家。他的人和他的畫，是敦厚又溫煦的儒者與求道欲羽化登仙的修道人，兩者之間辯證不斷而又根莖交纏的一體。既回顧人間，又神遊、縱浪大化之間。根，長在大地裡；莖葉不斷地長向萬里晴空——那天空無邊際什麼都沒有而想要飛過的自由意志。

人中有人，天外有天。

以前看于彭的長卷水墨，慾望山水，慾望在想像，也在山水間，人間最執迷的肉身，與最性靈的逸放出塵之思，俱交纏其中；再過一點點再多一些些，便是亂、髒、邪、淫，但于彭總是有辦法涵納百川而又東流入海，既履險如夷又化險為美，讓人在他畫中的歧路花園快要迷走迷路迷失了，而凜然又覺察到凝神後玄漠之一志，憑此一志，豁然開朗，髣髴有一桃花源，可以記之載之，既藏於人間，又非在人間。此一志者，可以做遺民、逸民，而讓人有若在觀畫之後，瞬間如一奇異時空之移民，不知有漢，無論魏晉，獨與天地精神往來。

中國文人畫的傳統，多追求淡雅疏朗逸遠奇高，「少」和「靜」是「美德」。于彭的作品，自有奇高，既逸又遠；唯淡雅疏朗，他將之翻轉，畫面總常鋪天蓋地如黃河之水挾帶大量泥沙天上而來；他作品中常見的非常軌比例大小的花草松柳芭蕉石獸，總讓我想到《山海經》裡的神獸怪物，用後現代的話語，叫做「多元拼貼」，比如《山海經》中所載的「鯈魚」，形聲俱怪，但食之，可以已憂！于彭畫中常見的小獸，有時似鹿像羊如牛宛若麒麟貔貅，牠們是在畫中而早於畫而在的貞定的旁觀者、見證人，見證一逃逸路線之可能，也彷若上古時代那等待火中龜甲現出啟諭的「貞人」。牠們似站非站、似臥非臥、似睡非睡、似醒非醒。因為在此in-between、非固著的狀態中，觀者可以想像得更多。憑畫家之一志、之信手，栩栩然蝴蝶，可以慢慢地飛越許多的來生和前世。

有一次藝文界多位朋友的聚會，因為眾人喝多了酒，其中兩人爭執了起來，于彭恰巧坐在他們那一桌。

我不知道，他醉酒了沒，唯獨，喧鬧的半小時，他都趴在桌上睡覺，髣髴體察了那場爭執之無謂如幻化，而坦然不受侵擾地進入另一個時空。

另有一次聚會，攝影家張耀帶來了普洱老古樹的綠茶，和大家同飲分享，于彭突然請我，備好紙筆硯墨，畫了起來。酒醺的他，在全開宣紙上，以墨之濃淡層次、線條流動，畫出的幾張作品，線條似符籙，像一種潛意識的自動書寫，像打「意拳」時的舞步，如獅如虎似猿似鶴，跌宕於紙面；畫面似有山水人物，有為的寓意減到很低，無為的美感躍然獨化。

那一晚，我拿臺靜農先生晚年慣用的「一掃千軍」長鋒羊毫給于彭作畫；那一晚，我一直想到用線條和結構創造眾多可能的康丁斯基（Wassily

Kandinsky），如果他也畫水墨的話，他應該會讚嘆毛筆這種神奇的書寫藝術工具。

無言獨化，心之至大至虛，練余心兮浸太清，天地位焉，萬物育焉。那是我所見過酒酣藝術家創作的出神時刻，讓我不禁想起杜工部詩中的公孫大娘舞劍；或山中，雲霧鬧，玩鬧過後，豁然群山，目擊道存。

因為喝了好茶，所以于彭作畫分贈在座諸友好；那一晚我深深覺到于彭道家的灑脫和儒者友愛的敦厚溫柔。永結無情遊，行樂須及春，太上忘情，正因知道人間有情。

醉後各分散，醒時同交歡。以畫作回報朋友好茶之情，永以為好也。

二〇一〇年歲末開始，于彭如同噴湧之泉，陸陸續續畫了幾十張油畫，多是百號以上的大畫。我和一些朋友，或遇周日時，去他家耍玩喫飯飲酒，每隔一段時日，都會大大驚訝！他援引自己以前水墨山水的意象而轉化技法，精神之脫胎奪胎，而化為油畫，開展了一遼闊詭美之境界。

別有天地非人間，不，是別有天地在人間。

其中的幾幅山水，指涉和託寓夐遠，觀之如見天地山川壯闊，我曾笑言，或可命畫題為「紫氣東來」云云，因為畫境洋洋乎有日出東方為恆星之最的欣悅和暢快，堪稱是水墨精神、油畫技巧之水經注、仙蹤錄。若干藍色調的作品，像夢的薄膜要被輕輕撕開，夢想的彼岸，有著追憶追念追想。好像說故事的人說：很久很久以前，若當久遠之後，其中都有「現在」。過去、現在、未來，同歸一志。

像巫覡即將開口，說出一些時空難辨而超越時空的啟諭。

一夢將醒前的千年一夢。

似睡非睡，似醒非醒。

達利（Salvador Dali）畫夢和潛意識，尚要用融化的時鐘和有著一層一層抽屜的身體等等意象，要用具象的「物件」和「結構」來表意，是以「外在」來顯豁「內在」。

于彭的畫中之夢，則意隨象走，意在象外，頗能得意忘言；多是沉思中盤坐或鶴坐之人，可以神思千里，直接把觀者帶入夢中，入神催眠之後，一大驚醒，原來，夢並非僅為了釋放、補償和耽想而已，夢，是我們活過的想像過的一切值得的證據。

因為精神上的流放，因為精神上的自東徂西，所以才可能化身為巫覡，一如屈原擷采流放地的傳說典故祭祀歌謠，化為上下求索的獨特之聲，創作者才可以因覺察肉身有限而追索無限的逸放，超然物外。

倪瓚曾避亂住船屋而不履元土，直到明滅元；一位藝術家在最本質上而言，又何嘗有國、何嘗有家？國破了，江山依舊在。每一位卓越的藝術家，都是精神上的流放者、無家可歸的人，那「無用」的想像力，才是真正的「大用」，當一切幻化的人事物俱歸於滅之後，藝術家真切感受過而留下的創作，才是人間本如一夢、本在一夢、本是一夢的證物和信物。

而台灣，本是「文化中國」風景中最奇特、最拉扯、最複雜之所在。

在于彭新近的油畫中，我最喜歡《石尊者》這一幅。黑白的色調中，數鳥佇立，有大寫意之風；梅樹芭蕉奇石圍繞其旁，大小比例出奇；畫面的中央，有一修行人，其肩平整寬潤，像佛教入漢以後的早期雕塑風格，樸拙有力。如石巍巍而坐的尊者，閉眼，若有想非有想。尊者的右手儼然，左手如拈花般繞指柔，像一位入定的二乘人。

因為他臉部的表情極少極簡約，所以既可以悲欣不起，也可以悲欣交集，帶給觀者「寂滅最樂」（涅槃寂靜）的感染力。至此，儒者的敦厚溫柔友愛，修道人鯤化為鵬之摶扶搖而直上，佛教的二乘尊者體會了生脫死的寂滅之境；如是種種，于彭的畫作，俱載之！

做為道士的黃公望，自以為無國無土入了全真教的遺民倪瓚，喜好問禪訪僧的蘇東坡，煙花三月裡與眾格格不入的揚州八怪——這些歷史上不合時宜、覺察儒家之不足的中國文人，正因為他們思想上的放逸、逃逸——不論是被迫的或自願的，才體現他們的獨一無二。

他們獨特，正因他們「複雜」。

懷著寒食之思寫下「君門深九重，墳墓在萬里」不斷左遷於流放旅次的蘇東坡，雪霽前快筆成畫送給朋友彥功（班惟志）的黃公望，因為恪守漢夷不兩立而偏執於不履元土的倪瓚；這些人的這些行為，當然是儒者思惟。

但若只有儒者的元素，大概最後會是居廟堂之高書寫「館閣體」奏摺的一兢兢臣子罷。只有那些體會自己心靈面對「現實」的不合時宜和文化的複雜性，並處於邊緣自覺天地如寄的人，才可以創作出傳世的作品。

野逸之思自成奇趣，處江湖之遠。

孔丘問聃，知己所不足也。

函谷關前，老子已乘青牛而去；老子之一志集為一帙，五千言而已。

老子之一志：道生一，一生二，二生三，三生萬物。

道，無為，無不為。

無以名之，強名曰道。

或許，我這篇文字，正如守關的小吏。

當我們從于彭的畫作神遊回來，昔人已乘黃鶴去，此地空餘黃鶴樓。觀看他的畫，泠然善也，逍遙而遊！有一次，我看他一幅斗方，漁樵江渚、山河多姿，覺得那畫作將移我情，有一種到了畫中「彼處」的欣悅，「此身」雖在而忘了諸般障礙！那時不知為何浮現「晴川歷歷漢陽樹，芳草萋萋鸚鵡洲」這樣的意象。如此意象，可以是詩，也能是畫罷。

所謂畫中的詩意、詩興，就是帶領我們別有天地在人間的力量。這種力量，讓我們得魚忘筌、得意忘言。

欲辯忘言，天地不言。

觀于彭的畫，往往畫中未說的，比說出的遠遠還多；正因如是，出神處如千年一會，我們心領神會於時空中的大自由、大自在——於畫家的化「複雜」於「一志」，因為于彭畫中的「想像」比真實更像夢、比夢更真實，我們如是體會時空俱是幻化，一會千年，藝術和修行，都是借假修真，但憑一志。

一志者，心遊太虛，心包太虛，偶開隻眼覷紅塵，滿天星斗納懷中。

老子已乘青牛去，留有于彭在人間。

二〇一一年于彭個展序

墨色如海見真吾

于彭的水墨常見奇趣之園林，渲染跌宕之中，亭閣花草鳥獸，童男童女、男子女子如夢穿梭，一派晚明情調。

于彭的水墨有時載記江山大地，水流一脈，漁樵江渚，見之慨然於天地如寄！欲化鵬，其翅若垂天之雲，縱浪大化，千載亦一瞬也。

觀看于彭的畫作，我總是常常出神，覺得畫中之景俱為幻化！幻，是從無到有；化，乃從有到無。于彭的畫中世界，有無之間，可以感受到作為觀看者「自我」的解融，「我」之不在，憂愁不再！觀看于彭的畫所生起一種自由感，比較接近「主體性的震碎」，主客易位，主客交融，主客泯除；我常常在觀看于彭的畫後，覺得「自己」不見了，以為其過程中，或有「真吾」。

道，氣，志，這些道家的關鍵字，我覺得尚不足以形容于彭畫作的豐富。真吾隨形賦物，原是造化之功；但藝術家追求的獨特性，毋寧是，筆補造化天無功；隨著感覺的搜尋、氣韻的周行，于彭的畫作，更接近：一半釋家一半道。我家中總有牆面輪流掛于彭的畫，或大或小，我常常在步經之時駐足觀看，此身雖在堪驚！吾所以有大患者為吾有身！觀看于彭的畫，對我而言，更接近修行；當我以為有「真吾」時，于彭的畫作彷彿在說話，告訴我：真空無吾！筆補造化天無功，乃因天地有大美而不言；我在于彭畫中，常常感到一種敬惜此身、逍遙自在，乃至空性的體解。真空之中，筆觸墨染也就是借假修真，所以，對我而言，于彭的畫所終極追求者，並非真性情、真吾而已，而是真心。

真心，才是佛家於三千大千幻化世界中會通「空性」的橋樑、天梯。

空生萬有，乃因至大的包容；我也以為，日後的收藏家、藝術史家會看見這一點；于彭作為藝術家，除了技術功力、視見奇趣之外，他的作品有著一種巨大的包容的溫柔。

于彭好談氣論道，很奇怪的，對我而言，他更像佛家的修行人。

所以，于彭的水墨如大海，大海不辭涓滴，包容了所有，這是我每天觀看于彭畫作的心情。

一半釋家一半道，墨色如海見真吾；真空本來沒有我，自在逍遙且放歌。

二〇一三年一月二日《聯合副刊》

于彭的山海經

在我家中，有一面牆，掛著于彭一件一二〇號的油畫《桃花源》，畫中有人、有草有樹，色調身在陰翳黝暗而發出禮讚。好幾年前，我在他家，與他聊天飲酒，這張畫，只是初稿，還在生長化育中，我請于彭把這畫讓給我，我想要收藏。

之後，橫跨整整三個年度，這張畫完成了，我把它掛在家中一面牆上，那是我家中光線最隱微的一個角落，《桃花源》就像一則卮言，說著很古老久遠的心情，不，說著很古老的巫術和神話。

好幾年前那個和于彭對飲的晚上，那張畫最吸引我的，是畫的角落，一隻矍然而立的小獸，小小的，像鹿，像羊，卻又什麼都不像，牠是于彭創造出來的一隻從《山海經》裡走出來的奇獸罷。

那一夜晚，我盯著那獸許久，內心有一種波動，那時，我以為我對于彭的心象與創作的世界，多了一些理解。

整件《桃花源》可以總而觀之，又可局部細覽。一株松，一叢蘭，都又不太像松像蘭，一隻獸，不知其名，那時，我想起《楚辭》，想起《山海經》。

山神海神皆操蛇。

而于彭的畫，畫中往往有人，旁邊常常山林鳥獸花草，比例古怪；整體的氣韻，看似沉迫，又在清奇中，讓觀者感到輕暢自由！可以入遊畫中，又可以神思千里。

那一晚，我以為于彭乃先秦之人，遊歷多方，甚或御風而行，目擊了諸多動物、植物、石頭、山川、江河；他的創作，正是他的巫術、他的神話。畫中的男男女女，或是山神海神之轉喻，不操蛇，但呵氣成山川或園林，並澡雪精神，練于心兮浸太清！

于彭的畫，像是那些元明那些道士畫家們，知肉身與智識之有限，而於創作中，逐宇宙之無窮。

但他不求淡遠、闊遠，他把自己自己放逐在更多神話、更多巫術、更多危險的地方。他膽敢踰越，到《山海經》的世界，看來諸色歷歷但又渾沌一片，並且回來，告訴我們，那裡有些什麼。

是以于彭畫的元神，總是血色淋漓、充滿氣力！但他畫中也總有一種美，讓我想到楚辭九歌的世界。他畫中的男男女女，有時像大司命、湘君、湘夫人等等。他的畫，總是把我帶到許多時空，神話的時空；於彼時空，巫覡，就是他畫中的男男女女，含睇看著天地與人。

這樣自由穿梭時空、歷史、神話、文化的人，內心想必是極度孤獨的罷。我不善飲，這些年也不愛飲，但以前偶爾同飲，每次聽于彭說「但求一醉」時，我都有說不出的感傷。

這些年，我陸續收藏了于彭的一件油畫和一些大大小小的水墨，每次換畫掛在牆上，都有出塵網而遠颺的欣悅。他的水墨、油畫、黑老虎版畫，其實都是同一意境、精神，甚至有時，我看他的油畫，常常覺得像是水墨般的自由暈染和流動，如此自由，超然物外。

這次于彭「我的山海經」個展，有水墨、油畫；和許多件墨拓的「黑老虎版畫」，刻在石膏板上，墨拓得黑中現金亮，其中的構思造境，也詭麗無比，充滿魅力。

據傳，《山海經》原本有圖，名為「山海圖經」，魏晉之後失傳。有時，我想著，于彭本姓「巫」，不是巧合，是必然！巫者為《山海經》補圖，重現佚傳的那一部分。

于彭是誰？有時，我覺得又不太認識他，他去過太多太多的時空！有些或許你我也去過，似曾見過，但此生忘記了。

但我知道，他嘔心的諸般創作，有如神話的別注！不，他重現或者整理、創造了自己的巫術、自己的神話。

當我們覺察自己如此之「有限」的時候，神話，讓我們想像，讓我們自由，讓我們對「有涯」不再擔憂害怕。

是的，一件或大或小的于彭作品，掛在牆上，就是桃花源的所在了。

而我相信，于彭作品的清奇、詭麗、豐饒、多義，你所看到的、感覺到的，比我還多。

二〇一四年五月十四日《聯合副刊》

但願心如大海

作者　許悔之
封面及內頁圖片　許悔之作品《關於海，以及其他》系列

社長　陳蕙慧
副社長　陳瀅如
責任編輯　陳瓊如（初版）
行銷業務　陳雅雯、趙鴻祐
校對　許悔之、謝恩仁、張佳雯、魏秋綢
內頁排版　宸遠彩藝
封面設計　霧室
印刷　呈靖印刷股份有限公司

出版　木馬文化事業股份有限公司
發行　遠足文化事業股份有限公司（讀書共和國出版集團）
地址　231023 新北市新店區民權路 108 之 4 號 8 樓
電話　02-2218-1417
傳真　02-8667-1065
客服信箱　service@bookrep.com.tw
客服專線　0800-221-029
郵撥帳號　19588272 木馬文化事業股份有限公司
法律顧問　華洋法律事務所　蘇文生律師

初版一刷　2018 年 9 月
初版四刷　2023 年 9 月
定價　NT$350

ISBN　978-986-359-587-8（平裝、EPUB）

國家圖書館出版品預行編目

但願心如大海 / 許悔之著 . -- 初版 . -- 新北市 : 木馬文化出版 : 遠足文化發行 , 2018.10
面；　公分
ISBN 978-986-359-587-8(平裝)

855　107013647